ERNEST AMELINE

# Glanes Poétiques

# GLANES POÉTIQUES

*a*

# DU MÊME AUTEUR

## POÉSIES

*Chants d'exil*, 1 vol. in-18.
*Mai 1871*, 1 vol. in-18 (épuisé).
*A l'Aventure*, 1 vol. in-18 (épuisé).
*Cœur d'artiste. Rêves du foyer*, 1 vol. in-18 (épuisé).
*Fleurs aimées*, 1 vol. in-18 (épuisé).
*Amours brisées*, 1 vol. in-18.
*L'Ange du bien*, 1 vol. in-8.
*Une Plage normande*, 1 vol. in-18.
*Au Bivouac*, 1 vol. in-18.
*Grèves et falaises*, 1 vol. in-18.
*La Perle des Vosges*, 1 vol. in-18.

## ROMANS

*Fine Mouche*, 1 vol. grand in-18.
*Père Marc*, 1 vol. grand in-18.

SAUVAITRE, Editeur
72, boulevard Haussmann, PARIS.

# Hommage

*Aux Artistes interprètes de ses Œuvres ,*

## Ernest Ameline

# POÉSIES SENTIMENTALES

# A LA MAIRIE

Un couple s'en allait gaîment,
  Au douzième arrondissement,
S'unir devant monsieur le Maire.
Quel jour ?... il ne m'en souvient guère.
Le futur, pauvre comme un rat,
Avait tout donné, sans contrat,
A sa promise, en abondance :
Santé, travail... et l'espérance!

---

*Pièce choisie pour les matinées littéraires des Ecoles, dans les vingt arrondissements de Paris.*

La future, de son côté,
Apportait sagesse et beauté.
Point de dot et point de douaire,
Par conséquent point de notaire !

Déjà, tels que de vieux époux,
Tous deux, bras dessus, bras dessous,
Marchent fiers, et des camarades
Les compliments, les accolades,
Et les grands serrements de main
S'échelonnent sur leur chemin.

L'époux a, pour un beau costume,
Quitté le tablier d'enclume ;
Sur ses larges pieds bien planté,
Et le chapeau sur le côté,
Il vous roule un regard de flamme
Où se brûla plus d'une femme :
Oh ! c'est un superbe gaillard,
Digne rival de Léotard !

Auprès de ce superbe athlète,
Gracieuse, vive, coquette,
Sautille une femme... une enfant
A l'œil joyeux et triomphant.

D'elle on dirait un petit ange ;
La fleur d'oranger se mélange
Au muguet dans ses blonds cheveux :
Quel couple plus beau sous les cieux !

. . . . . . . . . . . . .

La noce arrive. Dans la salle
Chacun s'assied, chacun s'installe :
Futurs époux, amis, parents,
Bien en regard, aux premiers rangs.
Ceint de l'écharpe solennelle,
Paraît le Maire. Il interpelle
Les fiancés, puis les unit
Par ces mots : « N'ayez qu'un seul nid. »

Mais, quel est donc ce gros registre,
Aux lourds fermoirs, à l'air sinistre,
Que présente un grand monsieur sec ?
Pour les deux conjoints c'est du grec,
Du chinois, que ces écritures,
·Ces parafes, ces signatures.
N'importe ! il faut signer son nom,
Et voilà l'embarras ! — Non, non,
*Lui*, ne saura jamais. La plume
Est peu compagne de l'enclume :

Et, l'œil hagard, et, tout tremblant,
De rouge il est devenu blanc ;
La sueur perle à son visage ;
Il s'approche enfin... sur la page
Fait une croix... et, tout honteux,
Se détourne en baissant les yeux.


Amour ! oh ! que d'élans sublimes,
Dans les classes les plus infimes,
Tu sais réveiller... quelquefois !
En voyant l'homme de son choix
Plier sous cette rude épreuve :
« Qu'il ait, dit l'épouse, une preuve
De ma tendresse ! » et, hardiment,
Sa main trace rapidement
Une croix tout près de la sienne :
« Quoi ! petite comédienne,
Dit la mère en apostrophant,
Tout bas, sa trop vaillante enfant,
Quoi ! vous ne savez plus écrire ? »
Mais *elle*, avec un bon sourire :
« Vouliez-vous donc que mon époux
Eût à rougir là, devant tous ?
S'il ne sait rien, est-ce sa faute ?
Quant à moi, j'ai l'âme trop haute

Pour paraître, dès aujourd'hui,
Et jamais au-dessus de lui.
Aussi, j'ai caché ma science
Et j'ai su feindre l'ignorance ;
Mais, voyez-vous, ce mari-là...
Avant trois mois... il écrira ! »

# LA PLUS BELLE HARMONIE

Ah ! combien en est-il pour qui le bruit des armes
Et des canons grondants a d'ineffables charmes,
Et dont le cœur bondit, quand, au son des clairons,
S'ébranlent, à la fois, de nombreux escadrons !
Ah ! combien en est-il qui, pendant les tempêtes,
Lorsque la foudre éclate au-dessus de leurs têtes,
Trouvent, dans le chaos de tous les éléments,
Bien plus que des plaisirs... de vrais enivrements !
Quand l'insecte, l'oiseau, blottis dans la verdure,
Font entendre leur chant, leur timide murmure,
Que rochers et vallons répercutent la voix
Des meutes harcelant le fauve à travers bois ;
Quand, avec le fracas d'un magistral orchestre,
S'élance un fier torrent de quelque cime alpestre,

Ah ! combien en est-il pour qui ces bruits divers
Forment, séparément, le plus beau des concerts !

J'ai savouré, jadis, ces larges symphonies ;
Je me suis abreuvé de ces flots d'harmonies
Qui me mettaient au cœur un indicible émoi...
Depuis... je m'en détourne... ils ne sont rien pour moi !
Plus rien ne sont pour moi le cliquetis des armes,
Et les plaintes du vent pareilles à des larmes ;
Les éclats de la foudre et le rapide éclair,
Ainsi qu'un glaive ardent coupant en deux l'éther ;
Plus rien ne sont pour moi les drames de la plage,
Le cri du goéland quand gronde au loin l'orage
Le suprême combat du brick désemparé,
Des malheureux marins l'appel désespéré ;
Car il est avant tout une chose que j'aime,
Dont la naïveté forme un charmant poème,
Qui laisse derrière elle et le chant des oiseaux,
Et le gazouillement des limpides ruisseaux,
Les clairons éclatants, le canon, la mitraille,
Les hymnes de victoire après une bataille,
Et qui donne à mes yeux un regard triomphant.....
C'est le premier babil de mon premier enfant !

## UN LIVRE

DANS ma bibliothèque il est un petit livre
Dont la tranche dorée et le fermoir de cuivre
Sont ternis par le temps bien plus que par la main ;
Laissant au second plan Virgile, Homère, Horace,
Il montre au premier rang, à la première place,
Ses feuillets tout jaunis comme un vieux parchemin.

Ce livre, oh ! qu'il m'est cher ! — Contre sa couverture
Aux coins tout écornés, disjointe par l'usure,
Si je l'ouvre, je vois, soigneusement collé,
Le beau *Souvenez-vous :* — éloquente prière
Qu'on adresse à la Vierge aux heures de misère, —
Et que souvent, hélas! je me suis rappelé.

Je me souviens, alors! —

           L'écriture hardie,
Régulière, sans tache, image de sa vie,
C'est celle de ma mère. — Au seuil de la maison,
Un jour, elle glissa dans mon humble bagage,
Comme un palladium, durant un long voyage,
Chaude de ses baisers, la divine oraison.

Oh! oui, je me souviens!!!

           Son ombre se dégage
De chaque caractère, et monte de la page
Jusqu'à mes yeux en pleurs; et je l'entends encor
Redire, en s'inspirant d'une forte Romaine,
En faisant à mon cou de ses bras une chaîne :
« Voilà mes seuls bijoux et voilà tout mon or. »

Oh! oui, je me souviens!!!

           A l'heure où tout repose,
Elle est là... près de moi... dans l'alcôve mi-close,
Interrogeant mon pouls, interrogeant mon cœur;
Puis, plus tard, de mon âme elle entreprend la cure :
J'arrive, dépouillé de la moindre souillure,
Au grand jour où l'enfant s'unit au Créateur.

Oh ! oui, je me souviens!!!

           Que de fois, ô ma mère !
Je te quittai pour suivre un bonheur éphémère !

Et que de fois, saignant aux ronces du chemin,
Un moment dégrisé d'une trompeuse ivresse,
Tu m'as vu revenir à ta pure tendresse
Et cacher, tout honteux, ma tête dans ton sein !

Oh ! oui, je me souviens ! ! !
                              Au jour de l'agonie,
Comme un avant-coureur de la gloire infinie,
Une lueur passa sur ton front décharné ;
Ma main dans tes deux mains fut longuement pressée,
Et puis... tu murmuras, d'une voix oppressée :
« Mon Dieu ! gardez le fils que vous m'avez donné ! »

. . . . . . . . . . . . . . . . .
. . . . . . . . . . . . . . . . .

Voilà ce que contient cet affreux petit livre
Dont la tranche dorée et le fermoir de cuivre
Sont ternis par le temps bien plus que par la main :
Voilà pourquoi, laissant Virgile, Homère, Horace,
Au second rang, il montre, à la première place,
Ses feuillets tout jaunis comme un vieux parchemin.

# L'OFFRANDE

( SOUVENIRS DE BRETAGNE )

UN jour, à Daoulas, dans une humble chapelle,
J'aperçus une femme en grand deuil, et si belle,
Sous l'ingrate couleur de son ajustement,
Que je restai plongé dans le ravissement.
A genoux sur la dalle, elle était en prière,
Et roulait dans ses doigts les grains d'un long rosaire ;
Les *Ave* m'arrivaient tout tronqués, en lambeaux,
Mais j'aurais pu compter ses soupirs, ses sanglots.
Vers moi, sans le vouloir, elle a tourné la tête :
Dans son regard profond quelle sombre tempête !
Sur ses traits amaigris que de ruisseaux de pleurs !
Ah ! j'ai là, devant moi, la *Mère des douleurs*.

La pauvre femme, alors, se sentant observée,
De son humble posture aussitôt s'est levée,
Et, saluant l'autel d'un grand signe de croix,
Va s'asseoir à l'écart, sur un vieux banc de bois.
Là, sa main convulsive et tremblante de fièvre
Cherche, trouve, saisit et presse sur sa lèvre,
— S'interrompant vingt fois pour l'embrasser encor —
Un tout petit bonnet brodé de soie et d'or :
Souvenir ineffable et relique suprême
De son Ange envolé..., son bonnet de baptême !

Vers la Vierge qui tient son Fils entre ses bras,
Elle s'est avancée et lui parle tout bas ;
Puis, essuyant ses yeux, ses beaux yeux tout humides,
Du cher petit bonnet elle a noué les brides,
D'une main délicate, au menton de l'enfant,
Et sort du lieu sacré, le regard triomphant.
Bientôt je la rejoins ; je l'aborde et demande
Quel est le sens caché de sa pieuse offrande :
— « C'est pour que les enfants que nous avons perdus
« Aient au Ciel pour ami le bon petit Jésus. »

## SANS ENFANTS

Son réveil est triste, morose ;
    Jamais, dans l'alcôve mi-close,
Jamais, sous le rideau bouffant,
Tout pétillant de gentillesse
Et jetant un cri d'allégresse,
Ne passe un frais minois d'enfant.

Le cœur en deuil, elle se lève,
Car elle a senti, dans un rêve !
Deux petits bras ronds, potelés,
Les bras charmants d'un petit ange
Tombé de la sainte phalange,
A son cou longtemps enroulés.

De cet enfant imaginaire,
Quand vient l'heure de la prière,
Elle prend et joint les deux mains ;
Sur ses genoux, son buste rosé
Se courbe, dans la sainte pose
Qu'au ciel on prête aux chérubins.


A table, d'un regard avide,
Elle couve la place vide
Qu'il pourrait aisément tenir,
Et ses yeux se gonflent de larmes...
Enfant, cause de ses alarmes,
Pourquoi tant tarder à venir ?


Quelle douleur cuisante, vraie!
Son pauvre cœur est sur la claie,
Quand le hasard, dans son chemin,
Amène la moindre fillette
Qui lance son chant d'alouette
Et se fait tirer par la main.


Suivant son gracieux sillage,
Elle entre sous l'épais ombrage
Des grands jardins, et, par degrés,
L'attire... la saisit... l'embrasse...

Et l'enfant la regarde en face,
Avec de grands yeux effarés.

Parfois, elle entr'ouvre sa robe
Au frais blondin qui se dérobe
En poussant mille petits cris,
Et, frémissante, tout heureuse,
Caresse sa tête soyeuse
Perdue au milieu de ses plis,

Voilà déjà bien des années
Que de son cœur tombent, fanées,
Fleurs d'espérance et fleurs d'amour
Le grand, l'insondable mystère
Qui lui ravit le nom de mère
Va, s'obscurcissant chaque jour.

Voyez-la, pâle, solitaire,
Exhalant la même prière,
Courbée en deux aux saints parvis :
« O toi qui jamais ne délaisses
L'âme qui t'offre ses tristesses,
Donne-moi, Vierge sainte, un fils ! »

. . . . . . . . . . .

Mais, un matin, de sa fenêtre,
Sous la neige elle a vu paraître

Une bière qu'on emportait,
Sans cortège, même sans prêtre !
. La bière d'un tout petit être...
Derrière... un homme sanglotait,

Les yeux sur les tentures blanches
Qui cachaient mal les quatre planches,
Enveloppe de son bonheur,
Il trébuchait comme un homme ivre :
Que lui fait de mourir, de vivre ?
Son fils est mort... mort est son cœur !

A peine si la foule s'ouvre
Et si le passant se découvre :
On dirait que pour ces cercueils,
Hélas ! qui ne sont pas de taille,
Et frôlent, honteux, la muraille,
Il n'est point de respects... de deuils !

Si la route est longue, on l'abrège ;
Les deux porteurs, tout blancs de neige,
Font la corvée en grommelant.
Ils vont... à la fosse commune
Jettent cette charge importune,
Ce qui fut, hier... un enfant !

O prodige ! la pauvre femme
Renaît à la vie. Une flamme
En elle a passé comme un trait,
Et de larmes toute baignée :
« Mon Dieu ! dit-elle, prosternée,
Ce que vous faites est bien fait ! »

## CŒUR BRISÉ !

Sous les grands bois je l'ai suivie ! ! !
C'était un jour de mai. La nature, au réveil,
De mille bruits charmants saluait le soleil.
*Elle*, un livre à la main, une fleur au corsage,
Sous un chapeau rustique abritant son visage,
Jetait à tous les vents sa joyeuse chanson;
Et *moi*, furtivement, de buisson en buisson,
    Sous les grands bois je l'ai suivie ! ! !

    Dans les halliers je l'ai suivie ! ! !
Ecoutez, écoutez, au loin les sons du cor !
C'est la chasse ! Limiers, piqueurs chamarrés d'or

Sautent murs et fossés. — Sur un cheval de race,
Par la course animée, elle est en tête et passe,
Mais en me saluant d'un sourire moqueur...
Et sentant qu'avec elle est parti tout mon cœur,
    Dans les halliers je l'ai suivie ! ! !

    Au sein des flots je l'ai suivie ! ! !
Que de fois je la vis à l'Océan houleux
Intrépide, livrer son beau corps onduleux !
La mer, dont elle semble alors la souveraine,
Tantôt l'emporte au large et tantôt la ramène ;
Et moi qui n'ose croire à de coquets ébats,
Je m'élance... je veux l'arracher au trépas...
    Au sein des flots je l'ai suivie ! ! !

    Par monts, par vaux, je l'ai suivie ! ! !
Partout où, jeune aiglon, elle essayait son vol,
Aux beaux lacs azurés, aux gorges du Tyrol.
Sur les rochers croulants, sur les glaciers de Suisse,
J'appelais un danger, crevasse ou précipice !
Ah ! si jamais mon bras eût pu la protéger,
Je n'aurais plus été pour elle un étranger...
    Par monts, par vaux, je l'ai suivie ! ! !

    Mon Dieu ! prenez, prenez ma vie ! ! !
Il est et pour jamais brisé mon pauvre cœur !
Que voulait-elle ?... Un titre, et plus d'or que d'honneur...

L'hymen est accompli; devant moi s'est fermée
La porte du bonheur! — Dans la chambre embaumée
Où glisse mollement l'étoile de l'amour,
Tandis que, fou, je pleure et je ris tour à tour,
        Hélas! *un autre* l'a suivie!!!

## UN MIRACLE!

Souvent un rien suffit pour ramener au port
Celui qui, devant tous, se pose en esprit fort.

X... (qu'importe le nom !) passe pour un sceptique.
Sa paroisse ? il l'appelle une infecte boutique,
Traite d'affreux gredin tout membre du clergé,
Au fin fond de la mer voudrait le voir plongé.
Mais comment se fait-il qu'il paraisse aux offices ?
Madame, fort jolie, a parfois ses caprices :
« Mon ami, lui dit-elle, offrez-moi donc le bras
Pour aller à la messe. Oh! vous n'en mourrez pas! »
Et lui, sans invoquer un faux-fuyant honnête,
Devant son seul désir courbe aussitôt la tête.

Dieu sait si, pour les chœurs, les orgues, le plain-chant,
Il nourrit quelque goût, quelque secret penchant !
Mais, parfait galant homme autant qu'époux docile,
Il entend jusqu'au bout le dernier Évangile.


Un jour, ils ont conduit leur fillette avec eux,
Une adorable enfant, teint rose et blonds cheveux
Retombant sur l'épaule en onduleuses boucles,
Les yeux étincelants comme des escarboucles.
De mille questions — elle n'a pas trois ans ! —
Sur le prêtre, l'autel, ses pompeux ornements,
La chaire, le banc d'œuvre, elle accable son père
Qui se tait... il ne veut en rien y satisfaire.


. . . . . . . . . . . . .
. . . . . . . . . . . . .

L'office terminé, le flot des assistants
S'écoule par la porte ouverte à deux battants.
Bientôt l'enfant s'y mêle, et son babil, sa verve
Se modèrent. Bien plus ! Elle regarde, observe
Les fidèles plongeant dans un grand bénitier
Placé contre le mur, leurs mains presque en entier ;
Puis, s'étant entr'offert quelques gouttes d'eau sainte,
Ne point franchir le seuil de la pieuse enceinte,
Sans tracer sur leurs fronts le signe de la croix,
En saluant l'autel une dernière fois.

Elle arrive bientôt à la vasque de marbre.
Alors, telle qu'un lierre enlaçant un jeune arbre,
Elle en saisit le pied, veut en toucher les bords,
Se grandit, se redresse : inutiles efforts !
Mais sa mère est tout près... Sa mère la devine,
Dans ses bras la soulève et doucement l'incline
Vers le grand bénitier, où l'enfant, par deux fois,
Plonge et replonge encor ses charmants petits doigts ;
Puis, soudain, même avant qu'on l'ait posée à terre,
Les tendant, emperlés d'eau bénite, à son père :
« Tiens ! prends, a-t-elle dit, prends vite ; c'est ton tour. »
A cet appel si franc le père n'est point sourd ;
Il hésite... rougit... puis, ô miracle insigne !
Imperceptiblement se détourne... et se signe.

## L'ANNIVERSAIRE

C'est l'Automne... la feuille tombe,
    Et le pauvre homme, à pareil jour,
Tous les ans joue, avec la tombe,
La pantomime de l'amour :


Six heures. — « Madame est servie ! »
Dans le lugubre appartement,
Tout se réveille, reprend vie,
Tout s'illumine en un moment.

Comme s'il secouait un rêve,
Un homme jeune, aux traits flétris,
D'un fauteuil antique se lève...
Il a déjà des cheveux gris !

Sur son front dénudé, les rides
Ont tracé de profonds vallons,
Sous ses yeux bistrés et livides,
Les larmes creusé des sillons.

Il se lève... en vrai gentilhomme
S'avance, arrondissant le bras,
Vers une ombre, un vague fantôme,
Qu'il voit... mais que l'on ne voit pas ;

Par trois fois galamment s'incline,
Lui glisse une phrase, bien bas,
Soutient à son bras sa main fine,
Sur le sien mesure son pas.

Et devant le vieux domestique,
Adossé contre un des battants,
Passe le couple fantastique
Gai comme en un jour de printemps.

Les voilà tous les deux à table,
Savourant, au coin d'un grand feu,
Un menu fin et délectable,
Chef-d'œuvre de leur cordon-bleu.

Tandis qu'armé de sa serviette,
Épiant leur moindre désir,

Changeant le couvert, et l'assiette,
En étouffant un long soupir,

Va, vient, comme à son ordinaire,
D'un pas que l'âge appesantit,
Le serviteur sexagénaire
Qui jamais ne se démentit.

Le premier service se passe;
Les convives, silencieux,
Sur le couvert qui leur fait face
Semblent n'oser lever les yeux.

Mais quand le vin rit dans les verres,
*Lui* le boit d'un trait, haut la main,
Il est au pays des chimères !...
L'autre verre, hélas ! reste plein.

On se rapproche, l'œil humide;
La cœur brûle d'un tendre feu;
Il se penche... Au grand fauteuil vide
Il semble faire un doux aveu.

C'est une simple bergerie,
Mais, dans les points décolorés
De la vieille tapisserie,
Il revoit des traits adorés !

Lors, des mains du vieux domestique,
Complice sûr et toujours prêt,
Il prend une fleur symbolique...
La fleur que l'*Ange* préférait.

Sur la tige, sur la corolle
Du triste *Ne m'oubliez pas*,
Sa lèvre se pose et se colle;
Puis il dit lentement, bien bas,

Un mot... à lui seul un poème,
Par qui l'homme est vivifié,
Un mot que pour le ciel lui-même
Le Seigneur a sanctifié!

La place où *sa* charmante tête
Aimait surtout à se poser,
Sa bouche la cherche... s'arrête...
Y met un long... bien long baiser ! —

C'est l'Automne, la feuille tombe,
Et le pauvre homme, à pareil jour,
Tous les ans, joue avec la tombe,
La pantomime de l'amour !

## UN TRAIT D'UNION

Deux époux, depuis hier, se regardent à peine.
Demain, cette froideur va se changer en haine.
Pour eux, plus de passé ! Sous un ciel assombri,
Sous l'âpre vent du nord leur amour s'est flétri.
Un enfant, seul anneau de la fragile chaîne
Qui les unit encor, triste, anxieux, se traîne
De son père à sa mère, et, toujours rebuté,
Dans ses fougueux élans d'un coup d'œil arrêté,
S'éloigne, en essuyant une larme furtive :
Tout est fini ! ! ! Tout va dès lors à la dérive !
Mais, grâce à Dieu, parfois, un à-propos, un rien,
De deux cœurs désunis resserre le lien.
Pendant qu'autour de lui tout annonce l'orage,
D'un beau livre l'enfant feuillette chaque page ;

Et ce sont des transports ! des exclamations !
Il veut, sur les dessins, des explications !
Et de son père, alors, pas à pas se rapproche,
L'interroge... Mais lui s'est fait un cœur de roche
Et reste coi.

          L'enfant, de plus en plus surpris,
Vers sa mère a tourné des regards attendris...
Même froideur, hélas ! Quand, soudain, une image
Réveille sa gaîté, son bruyant caquetage :
C'est, dans des prés en fleurs, une troupe d'enfants,
Les cheveux sur le dos, tout rouges, haletants,
Par leur mère entraînés à cette ardente ronde
Que tous nous connaissons, vieille comme le monde :
*Nous n'irons plus au bois, les lauriers sont coupés.*
Ses yeux, par ce tableau, restent longtemps frappés,
Puis, tout à coup, voilà sa petite cervelle
Qui travaille. Il se lève... à voix basse il appelle
Sa mère :
          « Oh ! faites-moi comme eux rire et danser !
Dit-il.
          A ce bambin que peut-on refuser ?
Elle obéit. Bientôt, c'est un nouveau caprice
« Il faut, reprend l'enfant, que le rond s'élargisse. »
Il quitte alors la danse et vers son père accourt,
Le tire par l'habit... En vain fait-il le sourd,

Son fils, pour imposer sa douce tyrannie,
Vide tout le carquois de son malin génie.
Le père cède enfin ! ! ! Ciel ! ils ne sont que trois !
Que faire ?... Des époux il faudra que les doigts
S'enlacent, comme aux jours qu'ils se disaient : « Je t'aime ! »
Quel moyen de résoudre autrement le problème ?
Et c'est d'un fils que part ce trait envenimé
Qui trouvera leur cœur impuissant, désarmé.
Hésitants, tout confus, ils s'approchent... rougissent...
Regardent leur enfant... et puis... leurs mains s'unissent.

Ne vous l'ai-je pas dit ? un à-propos, un rien,
De deux cœurs désunis resserre le lien.

## L'ENFANT AUX DEUX MÈRES

IL n'avait pas quatre ans lorsqu'il perdit sa mère !
La douleur, chez l'enfant, est toujours éphémère,
Il ne sent pas longtemps l'étreinte de sa main ;
Aussi de son visage aucun trait ne s'altère,
Et le moindre jouet à ses larmes met fin.

Mais, lui, le gai sourire a fui loin de sa lèvre :
Que lui font ses oiseaux, et son chien, et sa chèvre
Qui l'appelle souvent d'un bêlement joyeux ?
Voyez : il s'est posté, tout miné par la fièvre,
Devant un grand portrait qu'il dévore des yeux.

Au front de cet enfant, sur qui son nom repose,
Le père cherche en vain les teintes de la rose :

Tout dans ce petit corps semble s'étioler.
Il n'est qu'un seul remède... il le sait... mais il n'ose...
Son deuil est si récent! pourrait-il l'immoler ?


Chaque jour, de la chambre il a fait disparaître
Cent objets que son fils aimait à reconnaître,
Jusques au grand portrait, dans son beau cadre d'or !
Mais, dans le trou béant, le pauvre petit être
Inquiet, le cœur gros de sanglots... cherche encor! ! !

. . . . . . . . . . . . . . . . .

Un matin, cependant, ainsi qu'un bruit d'abeille,
Une langue oubliée a frappé son oreille ;
Il en connaît le son, il en connaît les mots :
Ces mots que dit la mère à l'enfant qui s'éveille,
En passant son visage entre ses blancs rideaux.


Puis il sent tout à coup sur son front, le cher ange!
Les baisers d'autrefois. Souriant, en échange,
Au cou d'une ombre vague il jette ses deux bras :
Il ne l'a jamais vue... et pourtant, chose étrange!
« Reste, a-t-il dit, oh ! reste, et ne me quitte pas ! »


Elle, alors, tout heureuse, elle, alors, toute fière
De sentir cet enfant l'enlacer comme un lierre,

Le saisit et l'emporte ; à côté de son lit
L'agenouille, et lui dicte une belle prière,
Devant le grand portrait par ses soins rétabli.

Et comme tout, pour lui, n'est qu'énigmes, mystères :
« Écoute, a-t-elle dit, Dieu t'a donné deux mères :
L'une t'a mis au monde, et, vers le Paradis,
Sans fouler plus longtemps ce séjour de misères,
A pris son vol, afin de prier pour son fils.

Je suis l'autre ! Vers toi la première m'envoie :
« Porte-lui, me dit-elle, et le calme et la joie ;
« Près de lui tiens ma place. Oh ! qu'il soit ton enfant !
« Et, pour le détourner de la mauvaise voie,
« Dis, en montrant mes traits : « Elle te le défend ! »

« Oui, sois toujours sa mère ! Achève mon ouvrage !
« Et, s'il te quitte, un jour, pour un lointain voyage,
« Que les seuls mots d'honneur et d'amour filial
« Soient son port de refuge. A l'heure du naufrage,
« Que nos deux noms unis lui servent de fanal !

« Dieu de ses dons pour lui ne fut pas économe.
« Ce fils que j'enfantai, tu dois en faire un homme !
« C'est là mon dernier vœu, c'est là mon testament.
« Il faut que son pays avec orgueil le nomme,
« Et que sa gloire, enfin, soit ton couronnement ! »

. . . . . . . . . . . . . . . . . .

Ce mensonge pieux, qui comble un vide immense,
Au cœur de l'orphelin, maternelle éloquence !
Tu sais l'envelopper de termes enfantins ;
Et tu le fais germer, ainsi qu'une semence,
A force de baisers sur sa bouche et ses mains !

. . . . . . . . . . . . . . .

. . . . . . . . . . . . . . .

Puis l'enfant a grandi ! Le temps, sur les mystères
De son adoption a jeté ses lumières :
Il sait tout !... Quand déjà, sur un unique autel,
Son cœur les confondant adore ses deux mères,
Dont l'une aime ici-bas, quand l'autre prie au ciel !

## L'AMOUR AUX CHAMPS

Quand l'été mûrit les moissons,
Dès l'aube, filles et garçons,
Les bras armés de la faucille,
Partent ensemble pour les champs,
Avec des rires et des chants,
Ainsi qu'une grande famille.

Fermant la marche, derrière eux,
Voici, courbé, silencieux,
Un grand gars au triste sourire ;
Il rend des points, pour le labour,
Aux plus fins matois d'alentour ;
C'est un gars qui ne sait pas lire ;

Mais, pour manier une faux,
Il est sans égal. Des chevaux

Il dompte les vives allures,
Soumet au joug les fiers taureaux,
Et conduit les pesants chariots
Qui craquent sous les gerbes mûres.

Et quand, dans les seigles, les blés,
Ses compagnons éparpillés
Ne font que légères entailles,
Sous sa grande faux, par milliers,
Les épis tombent à ses pieds,
Tels que soldats dans les batailles.

Midi sonne! Pour le repos,
On abandonne les travaux :
C'est l'heure de reprendre haleine.
Sous la haute meule entassés,
Voyez les moissonneurs lassés,
Qui, tous, font leur méridienne.

Mais *Lui* ne dort pas, et ses yeux
Se levant d'abord vers les cieux,
Retombent sur un doux visage;
Et de la cuisante douleur
Qui consume son pauvre cœur,
Il sent redoubler le ravage.

Que ne sont-ils unis tous deux!
C'est *Elle* qui sarcle le mieux,
Qui le mieux tourne les javelles;
Il faut la voir, à tour de bras,
Lancer, sans le moindre embarras,
Le foin par-dessus les ridelles!

La jupe retroussée aux reins,
Piler le cidre, et, de ses mains,
Traire les vaches à l'étable!...
Mais *Lui* n'ose encore lui parler;
Hélas! va-t-il voir s'envoler
Ce rêve à jamais regrettable?

Non, car voici la Chandeleur!
Dans les guérets pas une fleur,
Pas une, hormis le perce-neige.
Tout chôme au logis du fermier,
Tout! sauf, le soir, près du foyer,
L'Amour qui veille et tend son piège.

Partout c'est fête, ce jour-là!
Filles, garçons, chacun s'en va
Dans les grands bois, dans les herbages,
Quand vient la nuit, danser en rond...
C'est de la sorte que se font,
Que se font bien des mariages.

Quand un tablier, sans façon,
Sous la main d'un jeune garçon,
Tombe... c'est un aveu tacite ;
Et sentant ses regards troublés,
Ne voyant que cieux étoilés,
La belle enfant fuit au plus vite.

Du beau faucheur ce fut le cas ;
Mais il pressa si bien le pas
Qu'il la rejoignit sous l'ombrage,
Et lui conta tout son amour,
Heure par heure et jour par jour...
Peut-être osa-t-il davantage.

De là ce dicton familier :
« Faire tomber un tablier, »
Pour exprimer — miséricorde !
En français correct, épuré,
Un homme qui, de son plein gré,
Au cou va se mettre la corde.

## AH ! SI LES CHIENS POUVAIENT PARLER !

ANVIER ! — Dans un grand cimetière,
  Et par un opaque brouillard
Qui voile la nature entière,
Entre un fastueux corbillard :
Oh ! les superbes funérailles !
Que de blasons ! Que de médailles !
Le mort disparaît sous les fleurs !
Sur le bord de la fosse ouverte,
S'avancent, tête découverte,
Discours en main, de beaux parleurs.

Du défunt ils font tous l'éloge ;
On parle en termes excellents,
— Nul à l'usage ne déroge —

De ses vertus, de ses talents.
Enfin la foule s'éparpille,
Quand, à la tombe de famille
Elle a donné l'aspersion ;
Sur celui qu'on a mis en terre,
C'est à qui fait son commentaire,
A qui fera sa version.


A la même heure, par la porte
Qui conduit au funèbre enclos,
Entre, sans l'ombre d'une escorte,
Tiré par deux maigres chevaux,
Le char des pauvres qui cahote.
Derrière, un chien couvert de crotte
Rase la terre du museau.
On dirait qu'il suit une piste.....
Hélas ! c'est celle de l'artiste
Dont la mort brise le ciseau.


On est arrivé. La besogne
S'expédie en moins d'un instant ;
Le pauvre chien, lui, va, vient, grogne,
L'œil rivé sur le trou béant.
Des pattes, des ongles, il fouille
Ce sol mouvant où le ver grouille :

La douleur semble l'affoler...
Il tombe enfin! à ce qu'il aime
Jette son aboîment suprême...
Ah! si les chiens pouvaient parler !

## LA VRAIE CHARITÉ

J'AI mes pauvres.

        Chez eux, bien des fois dans l'année,
Surtout quand vient l'hiver, je fais une tournée.
Un jour, j'allais gravir le sordide escalier
D'une brodeuse à qui je donne à travailler,
Quand je la vois sortir, haletante, éperdue,
Et d'un bond, sans me voir, s'élancer dans la rue.
Je monte cependant. — A peine sur le seuil,
J'aperçois, près du feu, dans l'unique fauteuil
Qu'elle a pu se donner par son économie,
Une figure hâve. — On l'eût dite endormie,
Sans un fréquent soupir, des pleurs silencieux
Qui traçaient un sillon en tombant de ses yeux.
Tout, dans la chambre, avait sa place accoutumée.

Dans sa cage chantait la tourterelle aimée ;
Et pourtant, près du lit, toujours fait avec soin,
J'en crois voir un second, près du mur, dans le coin.
Tandis que le premier respire un air de fête,
Sur l'autre, dirait-on, un souffle de tempête
A passé. — Tout est nu. Sous les plis entr'ouverts
Des rideaux, point d'image et point de rameaux verts,
Point de crucifix, point de coquille nacrée
Où se plongent les doigts dans l'onde consacrée :
C'est le protestantisme en sa sobriété,
De Luther et Calvin la froide austérité.
Comment s'est accompli cet étrange partage ?
Ma protégée a donc fait un gros héritage ?...

Et je réfléchissais... Quand j'entends, tout en bas,
Sur les degrés usés le bruit sec de ses pas.
D'un bond, elle a franchi la dernière volée ;
La voici près de moi, toute rouge, essoufflée :
« Madame, excusez-moi... j'étais chez le pasteur...
Je la trouve bien mal... et j'avais si grand'peur
Qu'elle ne trépassât sans la moindre prière,
Que je viens de remplir sa volonté dernière. » —
Le pasteur arrivait. Nous entrâmes tous trois.
Tandis qu'à la mourante il court, et que sa voix
Doucement la prépare au suprême voyage,
De cette vie à l'autre adoucit le passage,

Je demande à l'écart, tout bas, discrètement,
Le vrai mot de l'énigme, et pourquoi, quand, comment
Est devenu commun le trop étroit domaine ?

— « Oh ! c'est bien simple, allez !
                              C'était l'autre semaine
Un matin, on vida son pauvre galetas,
Et du peu qu'elle avait on ne fit qu'un seul tas
Qu'on vendit à l'encan. — Il fallait satisfaire
L'âpre rapacité de son propriétaire.
Et quand tout fut fini... qu'il ne resta plus rien,
Son lit seul excepté, ses oiseaux et son chien
Dont on ne voulut pas, j'ouvris soudain ma porte :
« Pauvre femme, lui dis-je, entrez, et soyez forte.
Ne désespérez pas, car tout arrive au mieux ;
Jusqu'à des temps meilleurs nous vivrons toutes deux,
Sinon comme des sœurs, ainsi que des amies.
Quel superbe avenir et que d'économies !
Une même lumière ! un unique foyer !
Chaque trimestre, enfin, un seul terme à payer !
Allez, rien ne viendra déranger l'harmonie
De la *Société Misère et Compagnie*,
Et de notre heureux sort plus d'un sera jaloux.
C'est dit, c'est convenu. — Madame, entrez chez vous. »

« Nous avons, depuis lors, fait excellent ménage,
Sans nous plaindre jamais de notre voisinage.

Pourtant, nous différons en matière de foi ;
Mais nous nous sommes fait une règle, une loi
De toujours respecter, malgré leur dissidence,
Les saints enseignements qu'a reçus notre enfance.
Que de fois je l'ai vue, au chevet de mon lit,
Arranger de ses mains, images, buis bénit !
Que vous dirai-je ? Heureux d'un commerce paisible,
Le Paroissien vit à côté de la Bible.
Oh ! pour la convertir je n'ai fait nul effort ;
Car, à la voir si calme en face de la mort,
Dieu, je le jurerais, mesure sa sentence
Aux actes de la vie et non à la croyance. » —

Sa voix était pour moi comme un céleste accord.
Elle ne parlait plus que j'écoutais encor.
J'ai glissé dans sa main une aumône furtive,
Et son regard m'a dit qu'à propos elle arrive ;
Car leur travail commun, qui paraissait béni,
Chôme depuis longtemps. Leur ciel s'est rembruni ;
La mort frappe à son tour, implacable, inhumaine...
Briserez-vous, mon Dieu ! leur fraternelle chaîne ?
. . . . . . . . . . . . . . .
. . . . . . . . . . . . . . .
. . . . . . . . . . . . . . .

Des choses d'ici-bas ô singulier retour !
Quand l'automne arriva, c'était elle, à son tour,

Qui, d'un mal sans espoir victime résignée,
Tendait à son amie une main décharnée,
En disant d'une voix qui tombait par degré :
« Allez, il en est temps, me chercher le curé. »

## LA BECQUÉE

Sous un riant berceau de charmille et d'érable,
Entre ses père et mère un enfant est à table.
Le soleil qui s'endort, à l'horizon lointain,
De ses feux alanguis éclaire le festin,
Et l'insecte, sous l'herbe, et l'oiseau, dans le lierre,
Chantent au Créateur leur plus belle prière.
Mais est-il pour la mère un bruit plus enivrant
Que le bruyant babil de son tout jeune enfant ?
Le père, en contemplant ces deux êtres qu'il aime,
Son épouse, son fils, dans un élan suprême,

A levé des regards attendris vers les cieux...
Il était incrédule... il est religieux !


Caché par un buisson, — car j'ai peur qu'on me voie, —
J'assiste, d'un peu loin, à toute cette joie.
De temps en temps se montre une petite main
Qui se tend, puis ces mots : « Non, non, c'est pour demain ! »
Sortent, presque aussitôt, en notes cristallines,
Pour calmer le bambin, de deux lèvres divines.
Arrive le dessert. Notre jeune gourmand
Reste tout ébahi, dans le ravissement,
Devant gâteaux et fruits dressés en pyramide.
S'aguerrissant enfin, devenu moins timide,
Il a jeté ces mots, comme dernier atout :
« Je veux de ça... de ça... je veux, je veux de tout. »
Son pied impatient trépigne sur sa chaise ;
Monsieur va se fâcher, quand sa mère l'apaise
D'un geste, mais d'un geste auquel il n'est point sourd,
Car de son siège il saute et dans ses bras accourt.
N'a-t-il pas aperçu, pendant à ses oreilles,
Par un double trochet, des cerises vermeilles,
Et bien d'autres parmi ses superbes cheveux
Partagés sur le front en bandeaux onduleux ?
L'instant est décisif ! Tout prêt à la bataille,
Il s'élance à l'assaut, et, redressant sa taille,

Grimpe sur ses genoux. Sa lèvre va saisir
Les fruits tant convoités ! Mais, est-il un plaisir
Que l'on doive acheter sans peine, dans la vie !
La mère approuve fort cette philosophie
Et la met en pratique. — Aussitôt que l'enfant
Pousse un cri d'allégresse et se croit triomphant,
Elle, qui l'a senti l'enlacer comme un lierre,
D'un brusque mouvement se rejette en arrière...
Et moi je sens, devant ce tableau gracieux,
Une larme monter de mon cœur à mes yeux.


Tant d'ardeur, de courage et de persévérance
Ne sauraient justement rester sans récompense.
La mère capitule, et j'aperçois l'enfant
Qui cueille chaque fruit, de sa petite dent...
Chaque fruit hormis un... la plus grosse cerise
Que sa mère a saisie ! — Entre ses lèvres prise,
Elle jette au vainqueur un provoquant défi ;
Mais il y songe à peine et semble en faire fi.
Ne sait-il pas d'avance — il a bonne mémoire —
Que, sans lutte, il pourra remporter la victoire ?
Voyez ses petits reins à demi renversés
Sur deux bras étendus, des doigts entrelacés.
Voyez comme il attend, la bouche souriante,
Que descende vers lui la cerise brillante !

La jeune mère, alors, ô spectacle touchant!
Sur le blond chérubin par degrés se penchant,
Laisse tomber le fruit de sa lèvre vermeille,
Et lui l'aspire ainsi que la gentille abeille
Le suc aimé des fleurs.
                    Mais, quel rayonnement,
Quelle extase ont passé sur son front si charmant?
Ah! c'est qu'il a senti, dans un baiser de flamme,
Sa mère lui verser la moitié de son âme!!!

## BOUTADE D'ENFANT

Puisqu'à des maîtres étrangers,
 Chers parents, vous m'avez remise,
Je vais vous dire, avec franchise,
Ce que j'en prévois de dangers :

Sous le beau nom d'arithmétique,
On m'apprend la *soustraction*
Et je sais la *division*,
Sans m'occuper de politique.

La grammaire?.. Oh! fi, quelle horreur!
Par elle, on dit avec emphase,
En se servant de périphrase :
« Je vous aime de tout mon cœur. »

Et l'histoire ? bien autre affaire !
On y découvre que les rois,
De nos jours, ainsi qu'autrefois,
Se battent pour un coin de terre.

« Viens avec moi, partons là-bas »,
Murmure la géographie.
Ne croyez pas que je m'y fie
Et que je m'arrache à vos bras ;

Au doux berceau de mon enfance,
A vos baisers, à votre amour,
A ce qui ne parle, en ce jour,
Que d'avenir et d'espérance.

Puisque rien ne vous le défend,
Faites-moi remonter la pente ;
En étant un peu moins savante,
Je serai bien plus votre enfant.

## CADEAU DIVIN

QUE demandes-tu donc, chère enfant, des étrennes ?...
Dit le bon Dieu ; sais-tu que, depuis la Noël,
J'en ai, sur l'univers, jeté des mannes pleines :
Tous les petits enfants ont appauvri mon ciel.
  Pourtant, il me reste trois choses,
  — Non pas des bonbons, des joujoux —
  Trois choses graves pour tes goûts.
  N'importe ! Approche... Eh quoi ! tu n'oses ?
  Tiens ! je te donne la Beauté ;
  Que ferais-tu de la Richesse,
  Ou de la candide Bonté,
  Dupe, souvent, de sa faiblesse ? »

L'enfant ne répond mot. Le regard abaissé,
Écoutant, non loin d'elle, une voix suppliante,
Celle d'un pauvre aveugle et d'une mendiante :
Elle songe !... Soudain, son front s'est redressé :

« Ne pourriez-vous, Seigneur, ici, faire un échange ?
        Remplacez, pour moi, la Beauté
        Par la Richesse et la Bonté. »
Et le bon Dieu qui lit dans le cœur de cet ange,
Et, d'avance, le voit donnant à pleines mains,
        Procurant du travail aux mères,
        Un sûr asile aux orphelins,
Compatissant, enfin, à toutes les misères,
L'embrasse en lui disant de sa plus douce voix :
« Que sert de mettre ici mes cadeaux en balance ?
De ton grand cœur, enfant, qu'ils soient la récompense,
        Prends et garde-les tous les trois. »

# L'APPÉTIT VIENT EN MANGEANT

ELLE est charmante encor, malgré ses quarante ans.
   Dans ses cheveux de jais quelques rares fils blancs
Peuvent, seuls, accuser, sans révéler son âge,
Qu'elle en est de la vie au verso de la page, —
Lui, vieux avant le temps, le visage fané,
Paraît, de prime abord, au moins son frère aîné. —
Ils se font vis-à-vis près de la cheminée.
Elle présente au feu sa mule satinée
Qui, d'un jupon plissé, dépasse un peu le bord.
Lui, tout pensif, mordille un jonc à pomme d'or.
Ils ne se disent rien : mais, parfois, le silence
Et les regards baissés ont bien leur éloquence.
Pour les moins clairvoyants, cet air embarrassé
Est un signe certain qu'ils ont beaucoup causé.
Tous deux semblent enfin se dégager d'un rêve ;
Leur dialogue intime et se suit et s'achève :

LUI.

Ainsi, belle comtesse ?

ELLE.

Ainsi donc, cher baron ?
Je n'ai rien à vous dire... ou du moins rien de bon.

LUI.

Quoi ! vous me refusez ce reste d'espérance,
Qu'un jour...

ELLE.

Mais, cher baron, vous tombez en enfance !
Pour me poursuivre ainsi, que vous ai-je donc fait ?
Je ne peux plus longtemps vous servir de jouet.
Vous voulez m'épouser ?... moi qui fus votre mère,
Et qui même en remplis l'intime ministère.
Fï ! le vilain ingrat ! vous avez oublié
Que de mes mains, souvent, vous fûtes châtié !

LUI.

Cruelle ! votre front n'a pas encore de rides,
Quand je compte déjà parmi les invalides !
Oui, le sort m'a frappé de ses plus rudes coups,
Lorsque vous fleurissiez à l'ombre d'un époux ;
Mais je n'attendais pas cette dernière épreuve !
Vous voulez donc rester éternellement veuve ?

Je vous aime depuis... toujours, vous savez bien?
Mon âge vous fait-il fuir un autre lien?
Regardez! je suis vieux, archi-vieux, je vous jure.
Tenez, ce qui pourrait recrépir ma figure,
Ce serait... ce serait... la naissance d'un fils,
Car nous en aurions un, c'est moi qui vous le dis.

ELLE.

Assez, baron, assez; trop de feu, de jeunesse!
Dieu merci, je n'ai pas engagé ma promesse.
Sur un pareil sujet, croyez-moi, brisons là,
Ou vous me forceriez d'y mettre le holà.
Nous avons fait tous deux trop longtemps fausse route;
Retournons au passé. — Votre esprit en déroute
Peut-il s'y retrouver? Voulez-vous mon secours?...
Vous égreniez, je crois, vos premières amours,
    Après, baron?...

LUI.

C'est tout, comtesse.

ELLE.

C'est tout? — Vos écarts de jeunesse,
Qui devaient me faire pâmer,
Se résument à quelques belles
Qui furent plus ou moins cruelles,
Avant de se laisser aimer?

LUI.

Hélas! oui. Je ne sais pas de plus vieille histoire,
Comtesse, et puis, d'ailleurs, j'ai si peu de mémoire!
Jugez-en : je me perds quand je vais seul au Bois,
Et, pour multiplier, je compte sur mes doigts!

ELLE.

Baron, c'est d'une invraisemblance!...
Quoi! de mes souvenirs d'enfance,
Pour vous, je vide tout l'écrin,
Et pas un brin d'herbe, une rose,
Un grain de blé... la moindre chose,
Ne vient vous barrer le chemin?

LUI.

Attendez donc! — Je crois me souvenir, comtesse...

ELLE.

Enfin, nous y voilà!

LUI.

De certaine prouesse...
Vous me pardonnerez, car c'est déjà si loin
Que bien probablement de vous j'aurai besoin.

ELLE.

De moi?... Vous plaisantez?

LUI.

                    Non, non, sur ma parole ;
Et vous saurez encor par cœur tout votre rôle.
— C'était en plein mois d'août, par un jour étouffant,
Vous étiez déjà grande et j'étais un enfant.
Je vous vois, les cheveux flottants dans leur résille,
Me prendre par la main, m'entraîner à la grille
Du château paternel, et contempler longtemps
Les braves moissonneurs travailler dans les champs.
Avec vous je me vois, par une sombre allée,
Descendre, tout à pic, au fond de la vallée,
Traverser le torrent et frapper au moulin,
Y demander du lait, la miche de gros pain,
L'émietter aux canards, sous les saules qui tremblent,
Aux poules, aux poussins en tas qui se rassemblent :
C'est à qui prendra part aù champêtre festin,
Et les plus effrontés mangent dans notre main.

                    ELLE, vivement.

C'est vrai !

                    LUI.

        — Puis vous m'avez raconté la légende
D'un fier guerrier épris de la belle Yolande ;
Puis vous avez chanté. — Le régulier tic-tac
Du moulin, m'a bercé, comme dans un hamac ;

Je me suis endormi. Sous mes paupières closes,
Ont passé, repassé de si splendides choses,
Qu'en m'éveillant... Allons! je ne me souviens plus!
Dans un lointain obscur tout est vague, confus.
Comtesse, aidez-moi donc. — Je fis quelque sottise,
N'est-ce pas ?

ELLE.

Voulez-vous une entière franchise?

LUI, vivement.

Vous vous souviendriez?....

ELLE.

Comme d'hier, baron ;
Et si jamais aveu, si déclaration
M'arriva plus subite et plus sans gêne, en somme,
Je veux, sur ma parole, aller le dire à Rome !

LUI, finement.

Ah! vous vous souvenez ?

ELLE.

Bien trop, méchant vaurien :
Je vois sur mes genoux votre front; dans le mien
Votre regard perdu, ravi, comme en extase.,.

LUI.

Et puis ?...

ELLE.

Et puis vous me dites, sans périphrase :
« Je voudrais bien vous embrasser. »
Comme, pour me débarrasser
De cette simple espièglerie,
Je réponds avec brusquerie :
« Allons, prenez-en pour un sou ! »
Je crois que vous devenez fou.
A mon cou votre bras comme un lien se noue,
Je sens deux gros baisers qui sonnent sur ma joue ;
On eût dit, ma parole, un jeune nourrisson
Sur le sein maternel attaché sans façon.
Je me dégage enfin de cette étreinte folle,
Et vous en veux punir... non pas comme à l'école,
Mais par une semonce, en vous grondant bien fort,
Quand vos regards navrés me prouvent que j'ai tort.

Avec émotion.

Dans vos yeux j'aperçois de véritables larmes ;
Le vainqueur, devant moi, mettrait-il bas les armes ?
Voudrait-il par hasard une absolution
De son audace ? — Ah ! bien oui ! — La contrition
A pousser dans votre âme était déjà bien lente !
Me tirant par la robe et d'une voix dolente...

LUI, l'interrompant.

Assez, je me souviens.

ELLE.

« Berthe, » me dites-vous,

LUI, la suppliant des yeux.

« Laissez-m'en prendre pour deux sous ! »

Elle lui abandonne sa main qu'il baise à plusieurs reprises.

# POÉSIES FANTAISISTES

# ON NE PASSE PAS !... DÉJA PASSÉ !

(TABLEAUX DE RUDEAUX)

D'UN ruisseau gazouillant sur un lit de cailloux
Des paysans ont joint les rives par deux planches,
Et ce pont primitif n'a pour seul garde-fous
Que de jeunes bouleaux dépouillés de leurs branches.

Une fraîche roulade a passé sur les bois !...
Serait-ce le bouvreuil ! n'est-ce pas la fauvette ?...
C'est une villageoise au gracieux minois,
Le teint un peu hâlé sous sa blanche cornette

La brise du matin fait flotter son jupon,
Son beau jupon tout neuf, son jupon du dimanche ;
Et, toujours en chantant, jusqu'au milieu du pont
Elle arrive, légère, et le poing sur la hanche.

Grand Dieu ! qu'a-t-elle vu ? Pourquoi ce cri de peur ?...
La poltronne ! Ce n'est qu'une fine moustache,
Fusil en bandoulière, un élégant chasseur
Dont l'œil doux, mais profond, sur ses deux yeux s'attache.

« Halte ! la belle enfant, halte ! *on ne passe pas !*
Dit-il, avant d'avoir acquitté le péage. »
Et, sur la double rampe étendant chaque bras,
Il demande un baiser comme prix du passage.

« Fi ! monsieur le chasseur... à moi ! pareil affront ? »
Répond, en reculant, la belle courroucée ;
Et puis, en tapinois, sur le jeune homme blond
Elle jette un coup d'œil, et... reste embarrassée.

.   .   .   .   .   .   .   .   .   .   .   .   .   .   .   .   .
.   .   .   .   .   .   .   .   .   .   .   .   .   .   .   .   .

Le pont étroit par eux est enfin traversé ;
Notre chasseur s'éloigne, et l'enfant, interdite,
Se retourne et soupire : « Eh quoi ! *déjà passé !*... »
C'en est fait de ton cœur, ô ma pauvre petite !

Car si tu n'as mordu, tu mordras, quelque jour,
Malgré vent et marée, à la fatale pomme :
L'Amour, en fin matois, prend souvent un détour...
Le proverbe est de lui : *Tout chemin mène à Rome.*

# PRENDS GARDE AUX LOUPS

PRENDS garde aux loups, fillette, oh! prends bien
                                    [garde aux loups!
C'est à l'heure où tu suis le *chemin du Vieux-Saule,*
Ton panier à la main, tes livres sur l'épaule,
Qu'ils sortent des grands bois et font leurs plus beaux coups.
Aussi, n'en longe point de trop près la lisière ;
Ils pourraient t'emporter au fond de leur tanière :
Prends garde aux loups, fillette, oh ! prends bien garde aux
                                    [loups !

Veux-tu les reconnaître ? Ils ont tous le poil roux,
Quatre pieds, de gros yeux. — Si j'ai bonne mémoire,
De formidables crocs garnissent leur mâchoire.

Fins et rusés, parfois ils jappent comme un chien,
Pour vous donner le change. — Il n'est qu'un seul moyen
D'arrêter l'ennemi. S'il te suit à distance,
En affectant souvent des airs d'indifférence,
Jette-lui ton dîner, sauve-toi promptement,
Et tu pourras, peut-être, échapper à sa dent.
Tu liras, mais plus tard, qu'on jette le bagage,
De la sorte, à la mer, pour sauver l'équipage. »
Fillette a bien compris et prend, depuis ce jour,
Pour se rendre à l'école, un énorme détour.

Mais fillette a seize ans ! elle est grande, elle est belle ;
Ses yeux bleus, à plus d'un, ont tourné la cervelle.
Sa mère, certain jour, d'un ton un peu moins doux :
« Prends garde, lui-dit-elle, oh ! prends bien garde aux loups !
— Mère, d'où vous vient donc cet excès de prudence ?
C'était bon autrefois, au temps de mon enfance,
Mais aujourd'hui...
                        — Crois-moi, plus encor qu'autrefois,
Ils aiment la chair fraîche et les morceaux de choix.
Pourtant, ils ont subi quelque métamorphose ;
Ce sont toujours des loups... mais c'est bien autre chose :
Ils n'ont plus que deux pieds, l'œil clair, le regard doux ;
Au lieu d'être agresseurs, ils s'approchent de vous,
Timides, affectant de langoureuses poses ;
Plus de griffes aux doigts... des ongles fins et roses ;

Des perles dans leur bouche ont remplacé les crocs ;
Mais terribles encor sont leurs moindres accrocs.
C'est au printemps, surtout, qu'ils descendent en plaine ;
Nous en comptons ici, parfois, une douzaine.
Fuis-les plus que jadis, car, pour les écarter,
Aujourd'hui, qu'aurais-tu, ma fille, à leur jeter ? »

La mère eût bien mieux fait d'abriter sous son aile
Sa trop candide enfant, sa blanche tourterelle ;
De lui dire crûment, et sans plus de façons :
« Veille sur toi, ma fille, et prends garde aux garçons ! »
Aussi, ne comprenant rien à son verbiage,
Fillette, certain soir (c'était fête au village),
Court à la danse.
                    Hélas ! on était en avril,
Et ce mois délirant offre plus d'un péril.
La nature s'y fait aussi belle qu'un rêve ;
Dans les bourgeons gonflés monte, monte la sève ;
L'oiseau poursuit l'oiseau de mille petits cris,
L'attire, et, deux par deux, ils vont bâtir leurs nids.
C'est l'Amour !!! — Son nom seul, pour l'enfant vierge encore,
Bruit comme un essaim d'abeilles à l'aurore.
C'est un hymne divin, une douce chanson,
Qui, dans ses sens troublés, fait courir le frisson.
Ce mot, plus on le dit et plus on veut l'entendre ;
On l'aime, on le chérit avant de le comprendre.

.   .   .   .   .   .   .   .   .   .   .   .   .   .   .

Or donc, il arriva qu'en répétant tout bas :
« Ce ne peut être un loup, les loups ne parlent pas ;
Ma mère me l'eût dit, » la jeune villageoise
Au bras d'un beau danseur par degrés s'apprivoise
Et le suit...
    Le roman va-t-il en rester là ?
Que nenni ! Dussiez-vous y mettre le holà,
Risquons le dénoûment :
      Un peu loin du village,
On les vit tous les deux entrer sous les grands bois ;
Depuis lors, prétend-on, ils en sortirent... trois...
  N'en demandez pas davantage.

## UNE ENVIE

Dans leur lune de miel, ils ont vu la montagne,
Chamonix, l'Oberland, traversé le Simplon,
Et le jeune mari, sa charmante compagne,
Voguent sur un beau lac... dont vous saurez le nom.

Les yeux perdus au ciel, ils suivent un nuage;
L'un sur l'autre appuyés, ils se serrent la main :
D'un amour dans sa fleur adorable langage,
D'un amour qui toujours promet un lendemain.

Mais, contraste bizarre à la scène idéale!
Non loin d'eux, tout au pied du grand mât, vient s'asseoir
Un mousse qu'ils ont vu sortir de fond de cale,
Tenant entre ses doigts un grossier radis noir.

4

De sel il le saupoudre, en quartiers le partage,
Et donne à son travail un soin minutieux :
Oh! c'est un vrai gourmet, il en offre l'image,
Car, avant d'y goûter, il le couve des yeux.


C'est que, sur ma parole, il a fort bonne mine,
Ce fameux radis noir! et, loin de faire horreur,
Arrangé de la sorte, il pourrait, j'imagine,
Aiguiser l'appétit d'un roi... d'un empereur.


Aussi la belle enfant, d'un œil de convoitise,
Du frugal déjeuner suit les constants progrès;
Puis, oubliant le lac, le nuage, la brise :
« Que j'en voudrais! dit-elle, ô Dieu, que j'en voudrais! »


Son époux, stupéfait, à ces mots, la regarde ;
Que lit-il dans ses yeux ?... je ne le dirai pas.
« De vous contrarier, ma chère, Dieu me garde!...
Diable! soyons prudent, » achève-t-il tous bas.


« Eh! eh! l'ami, veux-tu, pour cette pièce blanche,
Me céder ton repas ? » a-t-il dit au marin.
Marché conclu, radis, argent, changent de main :
Il était temps! à peine il en reste une tranche :

Une tranche où, joyeuse, elle enfonce la dent!...
Puis, d'un commun accord, on regagne la France...
Six mois après, naissait une superbe enfant
Que, du nom du beau lac, on appelait *Constance*!

# HOMICIDE PAR IMPRUDENCE

« Homicide par imprudence ! »
    Dira l'infaillible jury
Dans son verdict plein de clémence...
Le crime dès lors amoindri

N'endossera plus qu'un amende,
Tout au plus huit jours de prison ;
Eh bien ! là, je vous le demande,
N'est-ce pas de la déraison ?

Que deviens-tu, sainte Justice,
Malgré ton escorte de lois,
Suivrais-tu le vent du caprice,
Te servirais-tu de faux poids ?

As-tu mis au fourreau ton glaive,
Tes yeux n'ont-ils plus leur bandeau,
Ou les juges, dans un beau rêve,
Ont-ils dormi sur leur bureau?

Quoi ! le voir, en pleine jeunesse,
— La seconde, il est vrai, — mourir ;
Lui qui mettait tant de paresse
Et tant de lenteur à vieillir ! —

. . . . . . . . . . . .

« Pourquoi ces airs de mélodrame?
De vous on dirait un mari
Qui, dans les lettres de sa femme,
A découvert qu'il est... trahi ! »

« Vous ignorez donc la nouvelle ?
— Quoi donc?
              — Le pauvre Oscar est mort
— Oscar?... vous me la baillez belle !
Lundi, je le voyais encor
Au Bois, ardent, infatigable,
Dresser un fougueux étalon ;
Mardi, je l'avais à ma table,
Et mercredi, dans le salon
De lady B..., comme d'usage,

Causeur spirituel, charmant,
Il nous montrait, comme, à son âge,
On arrondit le compliment.

— Eh bien, il est mort !
                              — Impossible !
A moins qu'étouffé par l'esprit.
Vous souvenez-vous, quand, pour cible,
Pendant tout un soir il nous prit ?
Sous le sarcasme, l'épigramme,
Nous a-t-il assez abîmés !
Puis, tout à coup, changeant de gamme,
Parmi les groupes animés
Des danseurs, déployant son aile,
(Il eût presque été notre aïeul !)
Quand arriva la pastourelle,
Ne fit-il pas cavalier seul ?

— Eh bien, il est mort !
                              — Sur les femmes,
Dans un flux de mots caressants,
Quand il dardait ses yeux de flammes,
Sur l'honneur, il avait vingt ans.
Sa vie, exempte de secousse,
Comme un ruisseau pur s'écoulait
Entre deux rivages de mousse,

Pas un souffle ne la troublait.
Autour de lui tout semblait rire,
Et, défiant l'adversité,
Son visage ouvert semblait dire :
Regardez ! je suis la gaîté !

— Eh bien, il est mort!
                    — C'est horrible!
Mais dites-moi, quand, où, comment ?
Sans vous, de l'œil le plus paisible,
J'aurais vu son enterrement.

— Il était seul, contre l'usage ;
On sonne... il ouvre... et, sur le seuil,
Voit un lugubre personnage
De pied en cap vêtu de deuil.

Une plaque sur la poitrine,
Un crêpe gras à son chapeau,
Et dont la repoussante mine
Exhale une odeur de tombeau.

Se découvrant jusques à terre,
Il chuchote à ce pauvre ami,
En prenant un air de mystère,
Des mots qu'il n'entend qu'à demi.

Mais sa main calleuse et noirâtre
Lui montre, dans le clair obscur,
Un coffre étroit, long et jaunâtre,
Appuyé droit contre le mur.


Alors, d'une voix funéraire :
« Monsieur, je venais... pour le mort :
« Faut-il ce soir le mettre en bière,
« Ou bien attendrons-nous encor ? »


Ces mots, comme un coup de massue,
Ont terrassé le pauvre Oscar ;
Son sang partout cherche une issue,
Et ses yeux roulent sans regard.


De ses mains il bat dans le vide,
Tournant sur lui jusqu'à trois fois,
De rouge devient blanc, livide,
Et tombe les deux bras en croix.

. . . . . . . . . . . .

Voilà pour le dernier voyage
Comment il est parti ! Son sort
A dépendu d'un croque-mort
Qui s'est, hélas ! trompé d'étage. »

Et quand partout il n'est qu'un cri
Sur cette affreuse inadvertance :
« Homicide par imprudence ! »
Répond l'infaillible jury.

Béni soit cet aréopage !
Grâce à lui, cousin ou neveu
Qui lorgnez un gros héritage,
Vous pourrez... l'avancer un peu.

# UNE CONQUÊTE

SONNET

Demain, au bal masqué, sous l'horloge.

« CORA. »

Elle a surpris ce mot, l'épouse trop candide,
Et soudain dans son cœur il s'est fait un grand vide ;
Mais son bonheur se joue, elle le défendra.

Sous un domino rose elle entre à l'Opéra.
A sa coquetterie elle a lâché la bride :
Au bras de son mari, c'est Phryné, c'est Armide...
Il est aux cieux !... Chez elle, il la reconduira !!!

Un coupé les emporte. Écoutez ce murmure !
Passant dans un baiser, ce grand mot : Je le jure !
On arrive... il descend : « Dieu du ciel ! ma maison ! »

Mais elle : « Remplissons jusqu'au bout le programme :
Pourquoi courir après des farces de garçon ?
Vous voyez bien qu'on peut encore aimer sa femme. »

# SAINTE MÉPRISE

« C'était pendant l'horreur d'une profonde nuit. »
. . . . . . . . . . . . . . .
Pourquoi, me dira-t-on, piller ainsi Racine ?
Que voulez-vous ! Ce vers me charme, il me séduit ;
Comme entrée en matière il fait bien, j'imagine.

L'éclair jetait sur tout sa sinistre lueur ;
La foudre, en crépitant, roulait dans l'étendue ;
Les plus braves sentaient leurs dents claquer de peur,
Car la mort était là, sur leurs fronts suspendue.

Un immense incendie embrasait l'horizon ;
L'écho repercutait le bruit de la mitraille :
Lutte des éléments, gigantesque bataille
Qui faisait, sur sa base, osciller la maison.

De lumineux zigzags enveloppaient ma couche,
Malgré d'épais rideaux, de solides volets,
La colorant de tons bleus, verts ou violets,
Et, d'effroi, je mordais mes draps, à pleine bouche.

Mais qu'ai-je vu soudain dans mon appartement
S'agiter sous le feu d'un éclair plus intense?
C'est un spectre drapé dans un long vêtement,
Et qui, jusqu'à mon lit, à pas comptés s'avance.

Son bras gauche est armé du divin Crucifix;
Le droit, sur chaque objet, répand, à flots, l'Eau Sainte,
Tandis que de sa lèvre, indescriptible plainte!
Tombent des noms sacrés, des *ora pro nobis*.

J'ai reconnu ma sœur : une prédestinée
Au culte du Seigneur! — Dans l'ardeur de sa foi,
Que lui fait d'ajouter encore à notre émoi!
Sans crainte elle accomplit sa mystique tournée.

Je m'incline et me signe, avec componction,
Car je sens, sur mon front, la céleste rosée;
O miracle! on dirait que cette aspersion
A rendu le courage à mon âme épuisée.

. . . . . . . . . . . . .
. . . . . . . . . . . . .

Le spectre a disparu que je perçois encor
Son pas lent, mesuré, continuant sa route;
Ses nombreux *oremus* montent jusqu'à la voûte
De l'escalier de pierre et du grand corridor.


Le jour se lève enfin et chasse la tempête.
Respirons! — Inquiet, assis sur mon séant,
Je me palpe longtemps des pieds jusqu'à la tête :
Que béni soit le Ciel ! oui, je suis bien vivant!


Sautant à bas du lit, je cours à ma fenêtre :
Salut, belle nature et soleil radieux!
Mais, que vois-je ? un frisson fait trembler tout mon être,
Et, de dégoût, je mets les deux mains sur mes yeux.


J'ai vu, j'ai vu partout, du plafond à la plinthe,
Des insectes hideux collés contre le mur;
Lit, meubles et tenture, on dirait que tout suinte
De quelque eau méphitique ou d'un liquide impur.


Sur le sol de la chambre et jusque sur moi-même
J'en compte par milliers ! — Mais, comme au dénoûment
Nul plus que moi n'a soif d'arriver promptement,
En quelques mots voici la clé de ce problème :

Sur le plus haut rayon d'un ténébreux placard,
Notre novice en herbe a pris une bouteille,
Parmi d'autres flacons, dans le tas, au hasard :
Eau sainte, s'il en fut... et qui fera merveille !

Or, sait-on ce qu'aux murs, aux rideaux, sur les draps,
Confiante en sa foi, comptant sur la victoire,
La trop pieuse enfant lançait, à tour de bras ?
Vous allez rire... Eh bien ?... C'était de l'encre noire !

## LE NŒUD GORDIEN

Très chère,

        Ne crains pas que je t'aie oubliée ;
Non. En trois mots voilà : je suis remariée !
— Remariée ?... — Eh ! oui. — Quelle sottise ! — Hélas !
Le mal est fait. Écoute : après tu gronderas.
Car, avec toi, tu sais, je jette bas le masque,
Sauf à m'entendre encor traiter « d'esprit fantasque ! »


— Nous nous étions déjà rencontrés au Tréport,
L'an dernier, au mois d'août, sur la jetée, au port,
A la plage, partout, jusque dans la falaise.
Lorsque pour aspirer l'air salin plus à l'aise,

J'en suivais, pas à pas, le sinueux lacet,
*Lui* grimpait tout à pic ; et, s'il me dépassait,
Il ôtait poliment sa casquette de toile,
Et, pour le saluer, je relevais mon voile.
On le voyait souvent, un crayon à la main,
Suspendu sur un roc, prenant quelque lointain ;
Jetant sur son album tout... jusqu'aux maigres chèvres,
En fredonnant toujours un air du bout des lèvres.
Vous eussiez, le matin, longé le Casino,
Que vous l'auriez vu seul, assis au piano,
Effleurant le clavier de ses mains indolentes,
Improvisant parfois des valses ravissantes.
Puis, à l'heure du bal, guidant le tourbillon,
C'était lui qui menait le fougueux cotillon.
Quel âge pouvait-il avoir ?... La quarantaine ?...
Qu'importe ! Le dernier, il restait dans l'arène.
Les mères le suivaient de leurs chuchotements,
S'adressaient même à moi, pour des renseignements,
Car plus d'une, déjà, ne pouvant se défendre
De son charme secret, le convoitait pour gendre.
Mais le sylphe, un beau jour, en tapinois, partit...
Et le Tréport tomba dans une affreuse nuit.


Cette année, une amie, — un hasard entre mille !
M'offre de partager son chalet de Trouville.

J'arrive; et, du balcon, vois des signes d'effroi
Parmi tous les baigneurs... la plage en désarroi!
Un homme accourt, s'élance; en dix bonnes brassées,
Dépasse le remous des vagues courroucées,
Son bras semble dompter le terrible élément.
L'œil fixe sur un point, il nage fièrement,
Plonge, reste longtemps disparu sous la lame,
Et reparaît enfin soutenant une femme
Qu'il dépose à la grève. Et comme il se sauvait
Du murmure flatteur qui partout le suivait,
D'un élan spontané, sans même le connaître,
Je lui jette une fleur du haut de ma fenêtre
Et m'échappe... Mais lui, s'arrêtant en chemin,
La ramasse, et me fait un signe de la main. —


D'un roman, pour un fat, c'eût été la préface...
Ce ne fit entre nous que rompre un peu la glace;
Car, d'un deuil prolongé remarquant la couleur,
Son tact sut respecter mon ancienne douleur.
Mon amie, au contraire, abhorrait, chez les veuves,
Les chagrins éternels, et m'en donnait des preuves
En invoquant le ciel pour qu'un nouvel hymen
Me vînt trouver plutôt aujourd'hui que demain.
Elle a voulu d'abord, — elle me sait coquette, —
Le jour même, à sa guise, éclaircir ma toilette.

Ma longue robe noire, au-dessus de l'ourlet
S'agrémente, aussitôt, d'un ruban violet.
Contre un luxe pareil en vain je me récrie...
On taxe mon émoi de sotte pruderie,
Et les jupons à queue, à grands et petits plis,
Remplacent mes anciens tout plats et tout unis.
Ses mains, à mon oreille, alors que je résiste,
Suspendent, tour à tour, la perle, l'améthyste...
Que te dirais-je ! — en natte arrangeant mes cheveux,
Elle encadre mon front de bandeaux onduleux,
Laisse entrevoir mon bras sous de légères manches,
Me coiffe d'un toquet orné de plumes blanches ;
La dentelle à longs flots sort d'un corsage ouvert :
C'est le joyeux printemps qui détrône l'hiver !

Dans le grand tourbillon me voilà donc lancée !
Et je ne m'y sens point par trop dépaysée.
Mieux que moi, tu le sais, Trouville est au Tréport
Ce qu'est l'ardent simoun au souffle âpre du nord.
Jamais un bon repos ni de bain raisonnable !
De plaisirs toujours neufs la chaîne interminable,
Malgré, pour la briser, nos efforts, nos combats,
Nous enlace, nous serre, et ne nous lâche pas.

L'artiste, le sauveur, le lion de la plage
(Il avait ces trois noms sur notre beau rivage) ;

Bref, celui que tu sais, et qui, depuis tantôt,
Sous ma plume revient, n'est-ce pas? un peu trop,
Au bonheur général subordonnant sa vie,
Servait de boute-en-train à la moindre partie :
Promenade à cheval et course en batelet,
Déjeuner sur la dune et tir au pistolet,
Grande expédition pour pêcher la crevette,
Ou l'huître sous le roc qui lui sert de cachette,
Vaste digue en galet, immenses contreforts
Pour briser, de la mer, les insolents efforts!...
Mais sur ces plaisirs purs un vent de calomnie
A soufflé. — Dans huit jours, la saison est finie!
Comment, depuis longtemps, aux plages d'Étretat
N'a-t-il pas abordé? — Touriste par état,
Jamais, nous disait-il, sur une même rive
Il ne reste enchaîné. — Je suis triste... pensive!...
Sa présence assidue à l'heure de mon bain,
Ses promenades quand je descends, le matin,
A la grève... parfois, nos rencontres fortuites,
Les lettres de mon nom à chaque pas inscrites
Dans le sable, et, souvent, faites de ces cailloux
Que rejette le flot, dans son constant remous;
La fleur qui, de son sein où sa main l'a cachée,
Devant moi, par hasard, tombe, un jour, desséchée;
Son sourire discret et son heureux coup d'œil,
Quand, petit à petit, je dépouille mon deuil;

Tout, désormais, me jette en des troubles étranges...
Oh ! partons, car je n'ai pas la vertu des anges !... —


Enfin nous arrivons, ma chère, au dénoûment !
J'étais donc de retour. Calme, bourgeoisement,
Je vivais ; quand, un jour, au détour d'une rue,
Je me sens, tout à coup, brusquement retenue.
C'est le bouton d'habit d'un passant qui s'est pris
Dans mon volant, et qui n'en fera qu'un débris
Si nous tirons un peu. — Sans perdre contenance,
Nous faisons, au début, œuvre de patience,
Tout en nous excusant ; puis, nous levons les yeux..
Sommes-nous éveillés, ou rêvons-nous tous deux ?
Est-ce un simple hasard ici qui nous rassemble ?...
Plus que la mienne encor je sens sa main qui tremble !
Mais sachant le danger d'exprimer son transport,
Il reste bien ancré, tel qu'un navire au port.
Nous ne pouvons, pourtant, ici prendre racine,
Car un gamin déjà : « Voyez *Millie-Christine !* (1) »
Et la foule de rire... et nous deux, à nouveau,
D'acharner nos dix doigts sur l'horrible écheveau.
Efforts infructueux ! — Sous la porte cochère
De l'immeuble voisin, dans un profond mystère,

(1) Phénomène de deux jeunes filles réunies par la hanche

Nous nous réfugions. « Quoi ! vous n'avez donc rien,
Monsieur, pour le trancher d'un coup, ce nœud gordien ? »
M'écriai-je en colère. — Aussitôt, sa figure
Rayonne; et, simulant l'énergique posture
D'Alexandre le Grand, d'un geste décisif,
Il sort de son carnet... un tout petit canif,
Le brandit, triomphant, comme on brandit un glaive,
L'abaisse par dix fois, par dix fois le relève,
Et découd lentement les points de son habit,
Mêlant à sa corvée une grâce, un esprit
Qui me vont droit au cœur, me font même sourire
Et supporter gaîment le grotesque martyre.


Le voilà, vrai rival du grand roi conquérant,
Dans sa modèste tâche à lui se comparant,
Se moquant des devins, éludant les oracles,
Domptant tout l'univers sans rencontrer d'obstacles ! —
Tout l'univers ?... c'est moi ! — Quel signe plus certain
Que cette main qui tremble en effleurant ma main ?
Puis, tout bas, en sourdine, il me glisse son âge...
Ce qu'il est... ce qu'il fait... enfin tout le bagage
Que d'usage on étale aux yeux de bons parents
Craintifs sur l'avenir de leurs jeunes enfants.
Je lui réponds, alors; mais, prise d'un délire,
Je parle sans peser les mots que je veux dire.

Le monstre! il m'attendait à ce dernier péril.
Victorieux, il coupe enfin le dernier fil!...
Je suis libre!... Hélas! non. Pitié pour ma faiblesse!
J'emporte son bouton... mais il a ma promesse :
Et c'est ainsi qu'un nœud que l'on débrouille, à deux,
Peut faire, en s'y prêtant, un couple fort heureux.
Au surplus, je t'attends pour juger « ma sottise ».
A bientôt!... je t'embrasse et je signe :

*Marquise* \*\*\*

## LA SALLE DES PAS-PERDUS

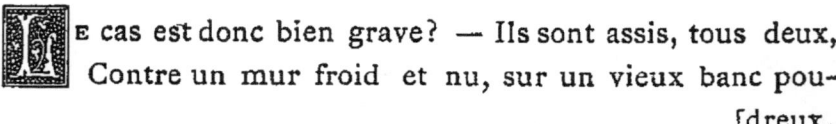E cas est donc bien grave? — Ils sont assis, tous deux,
Contre un mur froid  et nu, sur un vieux banc pou-
[dreux.
Ils se parlent tout bas. — Émue et suppliante,
Se serrant contre lui, la gentille cliente
Empiète sur sa robe, effleure son rabat...
Oh! le joli métier que celui d'avocat!
Dans un procès douteux, son feu, son éloquence
Ne font-ils pas, vers vous, incliner la balance ?
« Soyez mon seul conseil, soyez mon protecteur, »
Soupire une voix douce. — Il sent battre son cœur...

Sur un minois charmant son œil hardi se pose,
L'admire de trois quarts, de face, de profil,
Et de la question perdant soudain le fil :
« Hum ! Tâchons de gagner demain une autre cause. »

## COUP DE FOUDRE !

C'ÉTAIT en plein soleil de mai ;
   Je l'aperçus à la parade,
Debout, sur une haute estrade,
Et — coup de foudre ! — je l'aimai !

Quelle verve ! que d'insistance
Dans son fastueux boniment !
Mais ses yeux étaient un aimant
Plus puissant que son éloquence.

Et les curieux, ébahis,
Montaient, montaient, comme une houle,
S'entassaient dans la loge, en foule,
Des premiers rangs au paradis.

5

Loge entre toutes alléchante,
Grâce à ses flamboyants tableaux!
Sur l'un est peinte une Géante,
Pesant, bon poids, deux cents kilos.


Sur l'autre, un redoutable Hercule,
Arrivant tout droit du cap Nord :
Il met au défi le plus fort
Et n'a jamais connu d'émule.


Le troisième, enfin, nous montrait,
Portant crânement la tunique,
Une femme au type énergique,
La main droite sur un fleuret.


Cette femme, c'est Idalise!
Aucun prévôt d'armes, dit-on,
A l'épée, au sabre, au bâton,
Avec elle ne rivalise.


Lors, mes yeux, instinctivement,
Retombent sur la belle fille
Qui, sur les tréteaux, s'égosille
A débiter son boniment.

Je la détaille, l'analyse,
Avec des regards dévorants,
Car je n'ai, jusqu'à dix-huit ans,
Rien vu d'aussi beau qu'Idalise.

Chapeau de côté, plume au vent :
Une orgueilleuse plume blanche !
Coquet baudrier soutenant
Baril tricolore à sa hanche,

Enfin, d'un pantalon bouffant,
De même couleur que sa jupe,
— C'est là ce qui me préoccupe —
Sortent deux petits pieds d'enfant.

Ces deux petits pieds... quelle amorce !
Aux marches du large escalier
Je me jette... Pauvre écolier !
De lutter tu n'as plus la force.

Encore faut-il, pour entrer,
Verser l'argent de ma semaine :
Grand Dieu ! la loge est archipleine,
A peine y puis-je pénétrer.

. . . . . . . . . .

D'abord l'Hercule et la Géante
Font parade de leur savoir,
Mais, pour le public dans l'attente,
Le plus palpitant reste à voir.

C'est le grand assaut ! — Idalise
Provoque, par un triple appel,
Les fines lames... ô surprise!
Nul n'a relevé le cartel.

Elle attend, fièrement campée,
Se redressant sous le plastron;
Sa bouche, amèrement crispée,
Semble dire à chacun : Poltron !

Est-ce hasard ? Est-ce malice?
Ses yeux ont plongé dans les miens;...
De l'encoignure où je me tiens
Je bondis, soudain, dans la lice.

Car j'ai ma part d'un tel affront;
Sur le plancher je tombe en garde;
La salle entière me regarde,
Le fleuret haut, le masque au front.

Disons-le tout bas : au collège,
Je passe pour adroit tireur ;
Aurais-je aujourd'hui du bonheur ?
Allons! Et que Mars me protège!


Nous engageons... fer contre fer...
Certaine botte favorite
Lui sert d'attaque — Je l'évite...
Son jeu, c'est un vrai jeu d'enfer.


Ses dégagements, je les pare
Et fais bon marché des coups droits;
Mais qu'ai-je donc ? mon œil s'égare...
C'est que là, tout près, j'aperçois,


Sous le treillage métallique,
Ses beaux yeux dardés sur mes yeux,
Et, sur son dos, ses longs cheveux
Flottant selon la mode antique.


Pour achever de me griser,
Sur son cou blanc, son cou de cygne,
Ressort, en noir, un petit signe
Que Vénus, seule, à dû poser.

Soudain, mon bras se paralyse,
Du poignet je me sens perclus,
Je n'entends rien... je n'y vois plus :
« Sois cent fois maudite, Idalise !


Tu le veux, tiens ! prends-le, mon cœur. »
Et je le jette à cette femme.
L'assaut, dès lors, devient un drame
D'où je ne puis sortir vainqueur.


Soupçonnant que je la ménage,
— J'ai risqué mon dernier atout, —
Son jeu, bientôt, se change en rage,
Je suis boutonné coup sur coup.


Enfin, par un cercle rapide,
Elle enveloppe mon fleuret
Qui m'échappe, et s'en va, d'un trait,
Tout piteux, rouler dans le vide.


Je suis battu ! — « Joli maintien ! »
Dit-elle en m'offrant sa main blanche ;
« Mes compliments ; vous tirez bien ;
« Allons ! à bientôt la revanche. »

Bientôt!... hélas! ce fut bien tard.
Huit jours après, à la parade,
Plus d'Idalise sur l'estrade!
Et l'on chuchotait, à l'écart :

« Corbleu! la belle est enlevée!
Quel superbe coup de filet!
C'est quelque Crésus vieux et laid
Qui, pour sûr, nous l'aura soufflée. »

Mes bons amis, voilà comment
J'ai conjugué le verbe : J'aime :
Ce n'est là qu'un premier roman,
Espérons mieux pour le deuxième.

# UNE CROISADE

ES très chers frères :

                    Savez-vous

Que notre église est par trop sale.

Ces gens-là, vraiment, étaient fous,

Qui, jadis, sculptaient une stalle,

Un banc d'œuvre, des bénitiers,

Comme on travaille des dentelles,

Et découpaient de lourds piliers

En faisceaux de colonnes frêles.


Voilà quel serait mon avis :

Notre église n'est que poussière,

Depuis les voûtes au parvis,

Il faut en regratter la pierre ;

Abattre ses sphynx, ses démons
A la figure grimaçante,
Qui jettent, dans les environs,
Au clair de lune, l'épouvante.

Nous devons replâtrer aussi
Notre tour... qu'on prétend gothique :
Voilà longtemps qu'à la Fabrique,
Ses brèches demandent merci !
Remplacer sa cloche fêlée.
Qu'à peine on entend du lavoir,
Quand, pour la prière du soir,
On la sonne à toute volée.

Allons ! coupons, ces grands pommiers
Entravant par leurs longues branches,
Au dire de nos marguilliers,
La procession des dimanches.
Qu'on abatte aussi ces ormeaux
Et la muraille qui menace,
Mordons enfin sur les tombeaux...
Il faut bien que le bon Dieu passe.

De la pauvreté, mes amis,
Notre temple est le triste emblème,
Mais le Créateur a promis
De faire mûrir ce qu'on sème.

Allons ! mes chers paroissiens,
Retournez le fond de vos poches,
Pareils aux villages voisins,
Nous aurons bientôt nos trois cloches. » —

Et sans plus tarder, le pasteur
Prenant sa soutane de fête
Et son air le plus séducteur,
A commencé la grande quête :
« Donnez ! c'est pour votre salut, »
— Dit-il, au seuil de la chaumière,
Et plus loin : « Pour ce noble but,
« Marquis, apportez votre pierre. »

Le germe grandit, devient œuf,
Avec amour chacun le couve,
Puis, un matin, le curé trouve
Qu'il lui faudrait un clocher neuf.
Et de nouveau, le pauvre hère,
Qui n'a plus un jour de répit,
Vend tout son bien... jusqu'à son lit...
Il eût même vendu son frère.

Jamais on n'eût à bonne fin
Conduit ce projet gros d'obstacles,
Si le saint patron — un malin —
N'eût, un beau jour, fait des miracles.

Lors, ce n'est plus un seul curé
Qui peut suffire au sanctuaire :
Le Chapitre a délibéré...
L'Évêque concède un vicaire.

En place on convertit les prés,
En auberge l'humble chaumière,
Des pauvres couvrent les degrés
Qui mènent au saint reliquaire.
La nef, d'un blanchâtre ciment,
Jusqu'à la voûte se maquille,
Et ce ridicule ornement,
Lui donne un vrai masque de fille.

Aux murs, de flamboyants tableaux,
De saints versets et des devises ;
Autour de modernes vitraux
Des ex-voto pendent des frises...
Puis, dans les airs, du gros bourdon
La volée annonce les messes...
« Grand saint !... dont j'ignore le nom,
« Voici l'instant de vos prouesses.

« Que sur mon cœur plus dur qu'un roc
« Un effet de votre puissance
« Jette des rayons d'espérance...
« — Sur vous seul ? Fi ! j'opère en bloc.

« Et pour ne pas vous prendre en traître.
« Voyez ces gens de tous pays...
« Pour deux qui s'en iront guéris,
« Il en est cent qui croiront l'être. » —

. . . . . . . . . . .
. . . . . : . . . . .

Puisque je ne dois plus marcher
Qu'aux rives d'un lac de tristesse,
D'où je peux à peine arracher
Quelques lambeaux de ma jeunesse ;
Puisqu'il n'est plus, l'étroit ruisseau
Qu'on traversait sur une pierre,
Et que recouvrait d'un manteau
La verdoyante cressonnière ;

Qu'on a rasé la vieille croix
Aux bras grands ouverts sur les tombes,
Où je m'agenouillais, parfois,
Près des rustiques catacombes ;
Profané ce champ de la mort,
Où, sur la grossière épitaphe,
Débordant sans le moindre effort,
Le cœur tenait lieu d'orthographe.

Puisque de la tour de granit
L'oiseau s'enfuit à tire-d'aile,
Et que la gentille hirondelle
N'y vient plus suspendre son nid ;
Partons aussi ! de ces bocages
Exilons-nous, et pour jamais ;
Du livre qu'autrefois j'aimais
Déchirons les dernières pages.

## LA VIPÈRE

Quoi ! Vous la proclamez aussi bonne que belle ?
Vous n'avez donc jamais senti sa dent cruelle ?
Ah ! prenez-y bien garde ! un jour, qui sait ? demain,
Sur vous lancera-t-elle un perfide venin.
Point de phrase pompeuse ou de longue harangue,
Pour déchirer autrui, mais un seul coup de langue.
Si sa lèvre se crispe, elle couve un bon mot,
Guette l'instant propice et vous le sert... tout chaud.
Et dire qu'on la croit comme on croit un oracle,
Qu'elle semble un bon Dieu dans son saint tabernacle,
Car c'est en vain qu'on cherche un amour anodin,
La moindre mauvaise herbe en son chaste jardin.
Mais, qu'importe ! donnons libre cours à ma bile,
Et pour vous mettre en garde, écoutez, entre mille,

Son plus récent exploit. Nous verrons bien, après,
Si pour vous elle aura d'aussi puissants attraits.


— Vous connaissiez de B..., ce brave militaire
Qui mourut l'an passé. Fut-il jamais, sur terre,
Ami plus dévoué, cœur plus franc et plus pur,
Caractère plus noble et confident plus sûr !
Vous savez qu'il voulut, en dépit de son âge,
(Il avait soixante ans!) tâter du mariage,
Et qu'il se maria. — Chacun eût envié
Sa nouvelle existence et sa félicité.
Favorisé du ciel, dès la première année,
De son heureux hymen une fille était née ;
Mais il voulait un fils, un héritier du nom ;
Il lui fallait un fils, fût-il un avorton.
Enfin il arriva! C'était à n'y pas croire !
Le père triomphant chantait partout victoire.
Sur le tronc ravagé, déjà près de mourir,
Ce fils était un jet qu'il voyait refleurir.
Que lui faisaient, dès lors, les présents de Bellone ?
N'avait-il pas conquis sa plus belle couronne ?
Aussi, qu'il était fier entre ses deux enfants !
Front haut, regard altier, il n'avait pas trente ans,
Il meurt ! et, tout à coup, une horrible vipère
Siffle et lance sur lui son poison délétère,

Traîne son vieil orgueil aux fanges du ruisseau,
De ses jeunes enfants profane le berceau ;
Et c'est un mot, un seul ! qui jette, à fin de compte,
Sur lui, le ridicule, à sa femme, la honte.
Oui, c'est d'après ce mot recueilli, répandu,
Que, dans bien des esprits, le doute est descendu
On en est arrivé, dans le fils et la fille,
A ne plus retrouver le moindre air de famille.


C'était l'hiver passé. Devant elle, à grands traits,
Des amis esquissaient les superbes hauts faits
Du brave général : sa dernière campagne,
Sa mort et la douleur de sa jeune compagne :
— « Il est mort en héros, » dit l'un d'eux.

       — « En chrétien, »
Dit un autre. Mais elle, abrégeant l'entretien :
— « Il est mort, croyez-moi, de la mort d'un poète. »
— « D'un poète ? »

     « — Oui vraiment, car se frappant la tête,
Tel que Chénier, lorsque son âme s'envola,
Il a pu répéter : *J'ai quelque chose là !* »

# BRAVE CŒUR !

CHERCHANT en vain la lumière,
Les deux pieds dans la poussière,
L'aveugle, au bord du chemin,
Tend une main suppliante
Au flot qui passe et qui chante,
Sans souci du lendemain.

Il tourne la manivelle
D'un orgue... souvent rebelle,
Qui s'attarde à tout moment,
Et qui confond, pêle-mêle,
La joyeuse ritournelle
Et les airs d'enterrement :

Le chant d'adieu du *Trouvère*,
Puis *Malbrough s'en va-t-en guerre*,
*Le Premier Jour de bonheur*,
Que sais-je ! une mosaïque :
*Noël*, céleste cantique !
*O ma belle, à toi mon cœur !*


De sa funeste aventure
La flamboyante peinture
Est suspendue à son cou ;
Mais, devant l'horrible drame,
A peine la grande dame
Parfois jette-t-elle... un sou !


Cependant son vieux caniche,
Droit comme un saint dans sa niche,
A tout venant fait le beau ;
Il bat l'air de ses deux pattes,
Prend des airs aristocrates,
Drapé dans un vieux lambeau.


Pauvre chien ! pauvre Moustache !
Tous les jours la même tâche !
Triste esclave du devoir,

Grâce à toi, dans la sébile
Le pain du maître et l'asile
Se retrouvent, chaque soir.


Vois-tu ces bandes joyeuses,
En toilettes tapageuses,
Qui descendent le coteau ?
Bon espoir !... Recette chiche :
Pour l'aveugle et le caniche,
Tout au plus du pain... de l'eau !


Pourtant c'est fête au village :
En plein vent grand étalage
De faïences, de cristaux;
Panoramas et fééries,
D'engageantes loteries
Et des jongleurs de tréteaux !


Partout on entre, on s'amuse,
Et, du tir à l'arquebuse
On passe, en quelques instants,
A l'Hercule, à la Géante
Qui pèse trois cent cinquante,
Puis au charmeur de serpents. —

Mais la nuit tombe. — Les belles,
Quittant les sombres tonnelles,
Vers Paris vont s'envoler.
O ciel ! un galant leur manque !
La femme d'un saltimbanque,
Vient, pour sûr, de le voler !

Non. Sous la sale courroie,
Et tel qu'un roseau qui ploie,
Voici leur gai compagnon !
C'est bien lui ! Sa silhouette
Se dessine, ferme et nette,
Près d'un mourant lumignon,

Sa main rapide, fiévreuse,
Rencontre une veine heureuse,
Vingt airs du même fagot :
Sur le cylindre mobile
Passent refrains de Mabille,
Grand chœur de *Madame Angot*.

Et trop petite est la coupe,
Car la charitable troupe
La remplit en un moment ;
Les gros sous, la pièce blanche,
Tombent comme l'avalanche,
Sur le poussif instrument.

Oh ! la splendide recette !
Un beau louis la complète :
Pour six mois voilà du pain !
Notre aveugle est dans l'extase :
« Allons, mon vieux, point de phrase,
Adieu... jusqu'à l'an prochain ! »

# LE BAIN

( Nouvelle )

Le Tréport, juillet 18...

*All's well that ends well.*
(Tout est bien qui finit bien)

Pierre, cent francs pour toi, si tu veux, un moment,
Changer contre le mien ton grossier vêtement.
On dirait, sur ma foi, qu'il est fait à ma taille.
Ajoutes-y tes gants et ton chapeau de paille
Dont les grands bords usés, rabattus sur mes traits,
Pourront, en les cachant, assurer mon succès.
Avant tout, pas un mot! Le moindre bavardage
Me perdrait pour toujours. Tiens-toi loin de la plage,
Quand, à l'heure du flux, tu *la* verras, demain,
Selon son habitude, accourir pour le bain. »

Le vieux Pierre s'est fait un peu tirer l'oreille ;
Mais, comme il n'eut jamais à lui somme pareille,
Son honnête scrupule a fini par tomber :
Que de vertus, pour moins, voyons-nous succomber !

Le démon tentateur, qu'est-il ?... un simple artiste
Dont le nom roturier figure sur la liste
Des nombreux soupirants de la jeune beauté,
Mais que les fiers parents ont sur l'heure écarté,...
Hélas ! trop tard. — Au bal, sous ses regards de flamme,
N'a-t-elle pas senti s'égarer sa pauvre âme ?
Ne sont-ils pas tombés de ses lèvres, un soir,
Ces mots : « Oui, je vous aime... espérez... au revoir ! »
Désormais, à lui seul elle a donné sa vie.
Que lui font les partis dont elle est poursuivie :
Époux aux noms ronflants, époux de premier choix,
Que son père à ses pieds amène chaque mois ?
Pauvre père ! Oh ! pour lui, c'est une rude tâche ;
Mais il la poursuivra, sans trêve ni relâche.
La mère qui, jadis, peut-être, eut son roman,
Comprend mieux et demande au ciel un talisman,
Qui, gardant son enfant de rester vieille fille,
Amène sur ses pas un beau fils de famille.

L'hiver se passe ainsi ; puis, quand revient l'été,
Et que le *tout Paris* de la grande cité

S'envole, ils vont grossir le singulier mélange
Qui s'empile, attendant la chasse ou la vendange,
Pendant un mois ou deux, au bord de l'Océan :
Gens titrés, financiers, jusqu'au simple artisan.

Ne remarquez-vous pas qu'un vent de mariage
Souffle, au retour des bains, sur les gens de tout âge,
Plus qu'en autre saison. Le cœur le plus transi
Se sent tout réchauffé. La raison, la voici :
C'est qu'ils ont pu, longtemps, contempler sur la grève,
Dans leur déshabillé, de belles filles d'Ève,
— Ce chef-d'œuvre idéal sorti des mains de Dieu ! —
Bien mieux qu'on ne le fait en aucun autre lieu.
Au bal, me direz-vous, le bras, le cou, l'épaule,
De milliers d'invités subissent le contrôle...
D'accord. Mais est-ce tout ? Non. Le reste est caché :
A prendre chat en poche, on fait triste marché ;
Car n'existe-t-il pas des couturiers pour femmes,
Qui, les assassinant à grands coups de réclames,
Grâce à leur goût exquis, leur talent merveilleux,
Vous en font des Vénus des pieds jusqu'aux cheveux ?
Aussi, le bain de mer, en remarques fertile,
Enraye-t-il souvent une amoureuse idylle.

Voyez, voyez plutôt le bataillon sacré
Des baigneuses, à l'heure où la mer, par degré,

Monte et s'épand! Chacune, avec des airs de chatte
Convoitant un gâteau, sans y mettre la patte,
Jette un regard d'envie et plein d'enivrement
Sur le flot qui déferle à ses pieds, mollement.
Pour un charmant profil, que de caricatures!
Auprès d'un frais minois, que d'horribles figures!
Le beau sexe, à plaisir, dirait-on, s'enlaidit,
N'osant trop arborer un costume inédit,       ·
Et, suivant à la lettre une absurde coutume,
Dans un sarrau grossier souvent il le résume.
Quel est, demandez-vous, ce colis bien sanglé,
Que porte, en maugréant, un baigneur essoufflé?
C'est la baronne d'Ar... une vieille coquette,
Qui rêve, à cinquante ans, de faire une conquête.
Et ce grand échalas au long nez encadré
De bandeaux plats, collants, sous un bonnet ciré,
Qui va, vient sautillant, à petits pas s'avance
Vers la vague en couroux, comme à la contredanse?
C'est, — qui ne la connaît! — l'étoile de ballet
Pour qui G... se tira deux coups de pistolet.


La plage, à chaque instant, offre un nouveau spectacle.
La vague à la baigneuse offre-t-elle un obstacle,
Son complaisant baigneur, la prenant dans ses bras,
La soulève et lui fait franchir le mauvais pas.

6

Sourd à ses cris perçants, d'une main vigoureuse,
Il la plonge en entier sous la vague écumeuse,
Et, dès que l'eau lui monte à peine à l'estomac,
La berce sur le dos, comme dans un hamac.
La femme déjà mûre, ou de formes replètes,
Ne s'en met qu'aux genoux et fait mille courbettes,
En gardant un sang-froid, un calme, un sérieux
Qui démontent l'esprit le plus malicieux.
Taisons-nous sur la douche à double et triple dose,
Qui, de la tête aux pieds, en un instant l'arrose,
Car, des bains je pourrais vous enlever le goût,
En mettant sous vos yeux, en détail, jusqu'au bout,
Mille scènes, bonheur des vieux célibataires
Ou des gandins blasés qui ne savent que faire.
Reprenons mon récit :

                    Notre bel amoureux,
Au bruit de leur départ, sent redoubler ses feux.
Il s'informe ?... Il apprend que l'objet de ses rêves
Habite le Tréport, aux pittoresques grèves.
Qui pourrait s'étonner, que, dès le lendemain,
Il se montre rôdant jusqu'à l'heure du bain !
Tout à coup son cœur bat à rompre sa poitrine ;
Car il a vu paraître, au seuil de sa cabine,
Son idole ! à grand'peine a-t-il pu refouler
Un long cri de bonheur tout prêt à s'exhaler.

Qu'il voudrait applaudir à son charmant costume
Qui ne s'est pas astreint à la plate coutume ;
A ces pantalons courts s'arrêtant au genou,
Ce corsage ajusté dégageant bien le cou.
Coquetterie insigne ! à cette bandelette
Dans ses cheveux passée et contournant sa tête !

La mer brise. Les flots roulent, tumultueux.
Soudain, Pierre a saisi dans ses bras vigoureux
Son délicat fardeau plus léger que la plume,
Qui dérobe ses pieds tout crispés à l'écume,
Et jette, quand la vague accourt avec fureur,
De faibles cris, en se serrant contre son cœur.
Notre amoureux vendrait, pour cet instant d'ivresse,
Sa part de paradis ! — Avec un peu d'adresse,
Et le hasard aidant, un jour, demain, qui sait !
Verra-t-il s'accomplir son plus ardent souhait.

Au mépris des signaux d'une mère craintive,
Que la prudence enchaîne et retient à la rive,
Pierre, de ses deux mains, soulève sur les flots
La coquette baigneuse, et traîne sur le dos
Son corps souple, onduleux, tout rempli de promesses.
Ce n'est qu'un premier pas vers cent autres prouesses :
« Je veux qu'avant un mois vous sachiez bien nager,
A-t-il dit ; oui, je veux que bientôt, sans danger,

Vous gagniez le large, et qu'en faisant la planche,
Si c'est votre plaisir, vous traversiez la Manche. »
A l'appui de ces mots, Pierre, alors, sans façon,
Lui donne, incontinent, une longue leçon.
Sur sa main grande ouverte il soutient sa poitrine,
Et de la belle enfant la figure mutine,
— Bien que dans les talents du baigneur elle ait foi, —
Trahit, de temps en temps, un indicible effroi.

. . . . . . . . . . . . . . .

. . . . . . . . . . . . . .

Le bain est terminé. — Le professeur, l'élève,
Bras dessus, bras dessous, reviennent à la grève,
Quand *Elle,* tout à coup, par un brusque retour,
— Il en existe là comme en choses d'amour. —
Sans écouter l'appel de sa mère éplorée,
S'allonge sur le sable, et, d'une désœuvrée
Prend la pose indolente.
                        — Il existe un tableau
Qu'on dérobe à l'œil chaste, au moyen d'un rideau ;
Un vrai tableau de maître ! Il se nomme : *la Perle.*
Sous un ciel sans nuage une vague déferle
Et laisse sur le sable, en son brusque reflux,
Une femme idéale et comme on n'en voit plus.
Ainsi d'*Elle* étendue, avec grâce accoudée,
La tête sur la main, par le flot débordée :

C'était, avec un peu de poésie au cœur,
Vénus sortant des eaux, dans toute sa splendeur !
Du triste soupirant la saignante blessure
S'est rouverte devant cette riche nature
Qui se dévoile à lui, sans le moindre secret :
Elle est belle ! cent fois plus qu'il ne l'espérait !
Il reste fasciné devant cette merveille,
Quand, soudain, une voix murmure à son oreille,
— Cette voix bien connue et qu'on nomme l'Amour —
Pour atteindre son but, un diabolique tour.
Il l'accueille, le pèse, et c'est de cette sorte
Que, ne pouvant se faire ouvrir la grande porte,
Il a pris un détour, et, pour premiers débuts,
Emprunté du baigneur les grossiers attributs.


Tout se passe avec lui de même qu'avec Pierre.
La jeune fille accourt vers le bain, la première ;
Et lui, tout essoufflé, tel qu'un homme en retard,
Se précipite, a soin d'éviter son regard,
Dans ses bras la soulève, ainsi qu'il a vu faire,
— Il a, du premier coup, bien saisi la manière, —
La presse sur son cœur, plonge ses yeux ravis
Dans ses yeux demi-clos, par le jour éblouis.
*Elle*, de ses deux mains à son cou suspendue,
La tête rejetée en arrière, éperdue,

Devant le flot montant le prenant pour abri,
Le serre étroitement ou se cramponne à lui.

J'ai lu dans un auteur : « Pour jouer votre rôle,
Gardez-vous, à l'habit, d'ajouter la parole (1). »
Mais il s'agit d'un loup et non d'un amoureux :
Bipède et quadrupède, à mon avis, sont deux.
Aussi, quand vient l'instant, un instant de détresse!
Où, soit crainte, fatigue, oubli, simple paresse,
Un de ses bras sortant de l'humide élément
A saisi le baigneur trop énergiquement :
« Larguez (2)! » dit celui-ci, de sa voix la plus forte.
Mais ce mot l'a trahi ! — Pâmée, à demi-morte,
La voilà dans ses bras! — Les parents, l'œil hagard,
Poules qui dans leurs œufs couvèrent un canard,
Affolés, sur la rive, en tout sens, vont et viennent :
D'éventer le scandale avec soin il s'abstiennent.
N'ont-ils pas deviné, sous les gants du baigneur,
Des doigts fins, une main digne d'un grand seigneur ?
Aussi, l'habit de laine et le chapeau de paille
Pour eux ne sont rien moins qu'une sotte trouvaille.

Comme la jeune fille, à pareille leçon,
N'eût jamais su nager aussi bien qu'un poisson,

---

(1) La Fontaine, Le Loup devenu Berger.
(2) Lâchez!

Élève et professeur ontre gagné la grève,
Et c'est là, pour tous deux, que le roman s'achève.
Notre artiste s'avance, il salue humblement,
Et d'une voix où perce un léger tremblement :
— « Bien que je ne sois pas d'une illustre famille,
Voulez-vous m'accorder la main de votre fille ? »
A-t-il dit aux parents. Et ceux-ci, furieux,
Le toisent du regard, le dévorent des yeux.
— « Je n'ai pas, croyez-moi voulu la compromettre,
Mais de mes sentiments je ne suis plus le maître. »
— « Monsieur, ces procédés ne sont pas de saison,
Dit le père, et demain vous m'en rendrez raison. »
— « Du calme, mon ami, reprend la mère ; en somme,
Un baigneur... un baigneur... pour nous n'est pas un
                                                    [ homme. »
— « D'accord ; mais un gaillard bâti comme Apollon,
Qui se présente ici comme dans un salon ?...
Quand je vins au Tréport, je fis une sottise. »
— « Ma pauvre enfant ! jamais tu ne seras marquise ! »
Et tous les deux en chœur : « C'est une indignité ! »

. . . . . . . . . . . . . . . . . . . . .

Le lendemain pour gendre ils l'avaient accepté.

# UN GENDRE AU FLEURET

### (SCÈNE UNIQUE)

> L'escrime vous apprend à juger
> les hommes. Il n'y pas de dissi-
> mulation possible le fleuret à la
> main.
>                    LEGOUVÉ.

DE LORMEL.

JE viens, mon cher ami, te proposer un gendre.

DE VAUBERT, *surpris*.

Un mari pour ma fille ?...

DE LORMEL.

Eh ! pourquoi t'en défendre ?
L'aurais-tu, par hasard, vouée au célibat ?

DE VAUBERT.

Non... mais...

DE LORMEL.

   Elle a seize ans, c'est l'âge où le cœur bat ;
Si tu ne veux en faire une religieuse,
Qu'elle soit, grâce à moi, parfaitement heureuse :
J'ai sous la main...

DE VAUBERT.

 Quoi donc ?

DE LORMEL.

    Un époux idéal
Qui peut se présenter à mon premier signal ;
Un époux...

DE VAUBERT.

  Devant qui l'on demeure en extase !
Oh ! nous la connaissons cette éternelle phrase.

DE LORMEL.

Moqueur ! Tu le verras. A mon sens, il n'est rien
D'aussi parfait : d'abord, un superbe maintien ;
Œil noir et blanches dents ; puis, il chante à merveille.

DE VAUBERT, *d'un ton moqueur.*

C'est un nouveau Duprez !

9*

De Lormel

Son nez fin, son oreille...

De Vaubert.

O ciel ! il n'en a qu'une ?

De Lormel, *impatienté*.

Eh ! non, il en a deux...
Tu m'interromps sans cesse.

De Vaubert.

Allons, allons, tant mieux !
Nous les lui couperons.

De Lormel.

Tu plaisantes ?

De Vaubert.

Non certes !
Car, en escrime, on fait de telles découvertes,
Que, par elle, un parti dont vous vous montrez fou
Se change, trop souvent, en un vrai casse-cou.

De Lormel.

Je comprends. Pour connaître à fond ton futur gendre :
« En garde ! lui dis-tu, je m'en vais vous pourfendre. »

DE VAUBERT.

Où pourrait-on trouver meilleur renseignement ?
Le fleuret à la main, plus de déguisement !
Et ton bel oiseau bleu, paré de tous les charmes...
A propos, mon ami, sait-il faire des armes ?

DE LORMEL.

Oui, pourquoi ?

DE VAUBERT.

     C'est qu'après dix minutes d'assaut,
Je saurai ce qu'il est : garçon d'esprit ou sot,
Et si je dois lui dire : — « Entrez dans ma famille ; »
Ou : « Désolé, Monsieur, vous n'aurez pas ma fille. »

DE LORMEL.

Quoi ! si vite?

DE VAUBERT.

     L'escrime est un si bon miroir !
Dans ses moindres replis notre âme s'y fait voir.
Je dirai plus ! avec une longue habitude,
On devine son homme à sa seule attitude ;
S'il est franc et loyal, ou de mauvaise foi ;
Si « réussir quand même » est sa suprême loi ;
S'il est calme, emporté, d'humeur aventureuse ;
Bref, s'il peut, mon ami, rendre une femme heureuse.

Je laisse de côté tous ces beaux freluquets
Chassant au mariage à force de bouquets,
Et qui (le Ciel souvent couronne leur audace !)
Pénètrent en un mois jusqu'au cœur de la place ;
Ces grotesques gandins, à la tournure, aux traits
Sortis d'un moule unique, et dont un grand laquais
Jette, en les annonçant, le nom... un nom de terre !
(Il est si démodé, le vieux nom de leur père !)
Regardez-les entrer, le claque sous le bras,
Dans n'importe quel bal, en calculant leurs pas,
Le cou pris, on dirait, comme dans une fraise,
Bouclés, sanglés, guindés. Il n'est point de fadaise
Qu'ils n'adressent au maître, aux filles de céans,
Sans prononcer les r, en roulant des yeux blancs,
Tout, jusqu'à cette raie au milieu de la tête,
En fait de vrais pantins à l'air grotesque ou bête.
Non, de ces beaux messieurs qui n'ont pas en appoint
La moindre qualité, je ne parlerai point ;
Mais il en est, mon cher, en innombrable bande,
Qui, se couvrant le front d'un masque de commande,
Ne se montrent à nu, comme la Vérité,
Que l'épée à la main. — Le premier coup porté,
On ne ressent pour eux qu'une pitié profonde,
Car, insensiblement, le vernis du grand monde
Coule dans leur sueur. — Mettre leur seul honneur
A n'être point touchés ; tels qu'un mauvais joueur,

Contester tous les coups, voilà leur caractère :
Il est bien fait, je crois, pour alarmer un père.
J'irais donner ma fille à ce beau soupirant
Attaquant au hasard et sans règle parant,
Qui, devant le danger, se jette à la légère ?
J'aimerais mieux la voir à mille pieds sous terre.
Et ce flatteur criant : « Touché ! » quand, du bouton
De mon fleuret, j'effleure à peine son plastron,
Crois-tu, mon cher ami, qu'il soit pétri d'adresse,
Toi qui sais à quel point j'abhorre la bassesse ?

DE LORMEL.

Mais les renseignements ?... les informations ?...

DE VAUBERT.

Ont confirmé toujours mes suppositions.
Ce superbe gaillard à l'allure bravache ?
Qu'on tire un coup de feu dans la rue... il se cache.
Et ce croquemitaine ?... A l'heure du danger,
Se tâte, réfléchit... et file à l'étranger.
Tel autre, dont le bras pouvait servir la France,
S'est fait, pendant le siège, admettre... à l'ambulance.

DE LORMEL.

D'où je conclus, ami, pour finir le débat,
Que ta fille est, dès lors, vouée au célibat.

De Vaubert, *avec mystère.*

Tu vas trop loin. Écoute une grave ouverture :
Voilà de ça trois mois, je fis, par aventure,
Un assaut à l'écart (j'aime à n'être point vu),
Avec un amateur qui m'était inconnu.
Mais, tout à coup, au lieu d'un jeune homme timide,
C'est un parfait tireur, à la poigne solide,
Que j'ai là devant moi, attaquant prudemment ;
Sitôt le coup paré, ripostant franchement.
De plus, à son insu, trop fidèle interprète
De mon jeu, détestant ruse et botte secrète ;
Modeste en son triomphe, et, quand je suis vainqueur,
M'adressant, comme éloge, un mot venant du cœur.
Grâce à lui, j'ai repris mes fleurets avec rage.
On me dit bien parfois : « C'est folie ! à votre âge ? »
Qu'importe, si j'y trouve un tel enivrement,
Que toujours de l'assaut je hâte le moment !

*(S'animant.)*

Tiens ! ce garçon m'inspire une estime si grande,
Que si de mon enfant il faisait la demande,
Je la lui donnerais, je crois, les yeux fermés.

De Lormel.

Calme-toi, calme-toi... ces regards animés...

De Vaubert.

Non, parbleu! je le jure et n'ai qu'une parole,
Ce Dumont...

De Lormel.

Quel Dumont?

(*A part.*)

Ah! ce serait trop drôle!

De Vaubert,

Dumont... un avocat!

De Lormel.

Mais c'est juste celui
Pour qui je viens, mon cher, te parler aujourd'hui.

De Vaubert.

Que ne le disais-tu! Ma foi, sans plus attendre,
Si ma fille l'agrée, eh bien! qu'il soit mon gendre!

OES ES PA R O QUE

# LES CLOCHES

SONNEZ, cloches, sonnez vos plus gais carillons !
　　　Le ciel est pur, la brise est douce,
　　　Les oiseaux courent dans la mousse,
Et sur les prés en fleurs passent les papillons.

Sonnez, carillonnez ! c'est jour de mariage;
　　　Tout est en liesse au castel,
　　　Le vieux prêtre attend à l'autel,
Le cortège s'avance en pompeux équipage.

Sonnez, sonnez toujours! Au versant du coteau,
　　　Contemplez ce riche baptême ;
　　　Plus fier quesous un diadème
S'avance, au premier rang, le maître du château !

. . . . . . . . . . . . . . . . . . . . . .

O désespoir ! Tintez un long glas funéraire !
        Plus de fleurs ! plus de papillons !...
        C'est l'hiver: en noirs bataillons,
Des corbeaux croassant planent sur un suaire.


Tintez encor ! La mort a, sur le vieux manoir,
        Posé sa griffe meurtrière,
        Un ange a quitté notre terre :
Un matin le vit naître... il n'était plus le soir !

. . . . . . . . . . . . . . . . . . . . .

. . . . . . . . . . . . . . . . . . . . .


Cloches, réveillez-vous et sonnez la bataille !
        Au lugubre appel du tocsin,
        Ruez-vous en terrible essaim,
Fils des champs ! que pas un parmi vous ne défaille !


— Depuis le petit jour, au loin, le canon tonne :
Ce sont les Allemands. — Une forte colonne
S'avance par les bois. Il faut, le lendemain,
Qu'elle soit sous Paris. — Cet ouragan humain
Par le fer et le feu partout s'ouvre un passage,
Et débouche au-dessus du malheureux village.
Trop prudent pour oser aborder les maisons
Qui récèlent, parfois, d'indignes trahisons,

Où se livrent souvent de ces combats atroces
Qui, même des enfants, font des bêtes féroces,
Le chef, sur la colline, à l'abri d'un vieux mur,
A braqué six canons. — Ses hommes, à coup sûr,
Sitôt qu'un combattant apparaît à leur vue,
Criblent de leurs obus la montueuse rue.
Mais que peuvent, hélas! contre tant de bourreaux,
De simples paysans, fussent-ils des héros?
Lutter jusqu'à la mort et de l'ignominie
Sauver au moins leurs noms!
                            La brave compagnie
D'un bond s'élance, alors, en criant : « Au clocher! »
Et, de la base au faîte, on la voit se jucher,
L'un, éraillant la pierre, enfourche une gargouille;
Sur le porche croulant un autre s'agenouille;
Et le reste, étagé jusques au carillon,
Dans les rangs ennemis trace un sanglant sillon.


« Eh quoi! nous, les vainqueurs, nous trouverions nos
                                        [maîtres?
— Dit le chef. — Allons! feu! sur cette boîte à prêtres. »
Et, selon sa coutume, il frappe les poltrons,
Il leur donne du cœur, à force de jurons.


La première décharge éventre la muraille
De la tour, et l'on voit, par la profonde entaille,

Aux cloches suspendu, sonnant éperdument,
Un vieillard!...
          Tout à coup, un affreux craquement!
La charpente a gémi sous une autre volée.
Au feu roulant la voix des trois cloches mêlée
Jette sur le combat de funèbres accords :
Dans les tombeaux voisins ont tressailli les morts.
Un dernier boulet crève une ogive gothique,
Pénètre dans la tour, et l'appel énergique,
Martelé par les mains du vieux carillonneur,
S'éteint...
          Qui peut, dès lors, rester au champ d'honneur?
Les bois sont désunis, la vaste cage tremble;
Poutres, cloches, battants, enchevêtrés ensemble,
Tombent, percent la nef et couvrent de débris
Des femmes, des enfants, qui poussent de grands cris.


Courbé devant l'autel et tout blanchi par l'âge,
Un prêtre est aussi là, le curé du village,
Unissant sa prière à la voix du canon
Et du Dieu des combats invoquant le saint nom.


Mais il s'est redressé devant un tel carnage.
          Poussé par un puissant ressort:
« *Vos absolvo!* dit-il ; c'est l'heure de la mort,
          Sachez mourir avec courage !

Oh! ne les plaignez pas, vos époux et vos fils :
    Le sang versé lave les fautes,
Et Dieu met dans son ciel, aux places les plus hautes,
    Ceux qui tombent pour leur pays. »

Combat trop inégal ! Le paysan se lasse ;
    On n'entend plus que coups épars ;
Et déjà dans l'église on voit quelques fuyards
    Se glisser, honteux, tête basse.

Le prêtre oublie, alors, sa sainte mission
    Toute de paix et de concorde ;
Ses yeux lancent l'éclair, le mépris en déborde,
    Et rugissant tel qu'un lion :

« Vous n'avez plus de plomb ?... Eh ! que font sur ces dalles
    Les débris de ce carillon ?
Pour chasser l'étranger, mes enfants, tout est bon ;
    Prenez... et faites-en des balles ! »

## L'OPTION

Quiconque a visité Strasbourg, avant la guerre,
A bien connu *Dickmann,* un ancien militaire
A la moustache blanche, à l'œil vif abrité
Sous des sourcils en brosse, au bras gauche amputé ;
*Dick,* — c'était son surnom, — un de ces durs à cuire
Qu'on voyait par milliers sous le premier Empire.
A ce brave, à ce vieux débris de Waterloo,
La ville avait cru bon de donner en cadeau
Un poste recherché. Par faveur spéciale,
On l'avait proclamé guide à la cathédrale.
Mais quel guide c'était ! Il vous électrisait !
Après son Empereur, *l'autre !* comme il disait,
Rien, pour lui, n'était grand comme sa vieille église :
Nef, abside, piliers, jusqu'à la moindre frise,

Il vous détaillait tout; et, quand sonnait midi,
Vite, il vous entraînait, encore abasourdi,
Et vous plantait devant la merveilleuse horloge
Dont il recommençait l'interminable éloge.


Croyez-vous qu'on fuyait ce trop verbeux conteur ?
Non ; car son bras de moins, l'étoile de l'honneur
Qu'il portait fièrement sur sa large poitrine,
Faisaient que, près de lui, chacun prenant racine,
Le suivait et grimpait, pour le tableau final,
Jusqu'en haut du beffroi.
                          Par delà l'arsenal,
Quand il montrait du doigt la campagne badoise,
Kehl, son pont de bateaux et le Rhin bleu d'ardoise,
Il ne manquait jamais, sur le peuple voisin,
De vomir tout le fiel dont son cœur était plein.
Son geste, alors, sa voix, toute sa pantomime
Prenaient je ne sais quoi d'inspiré, de sublime.


Cinquante ans, pour le moins, des caveaux à la tour
Il guida l'étranger. Mais, arriva le jour
Où, forcément, il dut songer à la retraite :
Ses yeux n'y voyaient plus d'une façon bien nette,
Et trop souvent, hélas ! en leur tournant le dos,
Il décrivait le Rhin et le pont de bateaux.

7

Son fils le prend alors ; dans une étroite chambre,
Où l'on étouffe en juin, où l'on gèle en novembre,
Le loge, et, par la loi forcé de le nourrir,
Lui donne, à contre-cœur, de quoi ne pas mourir.
Son fils !... Oh ! c'était là le point noir de sa vie !
Il l'eût voulu soldat ; mais, Honneur et Patrie
Sont de ces mots auxquels il n'avait pas mordu...
Au métier d'aubergiste il était descendu

Le vieux Dick est-il mort ? Non, non ! le canon tonne :
C'est la guerre, le siège ! — En profonde colonne
Strasbourg vole aux remparts : hommes faits, jeunes gens.
*Dick* ne sent plus le poids de ses quatre-vingts ans.
S'élançant avec eux, partageant leur furie :
« Il me reste, dit-il, un bras pour la patrie ! »
Et d'une pièce à l'autre on l'aperçoit courir,
De son unique main rectifiant le tir.
A ce brave qui sent que sa ville est perdue,
Le Ciel, pour un instant, semble rendre la vue,
Et peut-être Strasbourg, l'héroïque cité,
Ne doit qu'à lui d'avoir si longtemps résisté.

Mais tout est consommé ! Strasbourg est pris !... Silence !
C'était écrit. — Faut-il, de la carte de France,
Et quand pour te sauver chacun s'est surpassé,
Faut-il donc que tu sois à jamais effacé !

*Dickmann* a regagné sa méchante mansarde,
Désespéré ! — Son fils, un matin, s'y hasarde.
Il frappe :

   « Tiens ! c'est toi, mon garçon, que veux-tu ?
Depuis tous nos malheurs je ne t'avais point vu.
— Mon père, je venais pour vous parler... de choses...
— Achève !... tu rougis ?... On dirait que tu n'oses...
— C'est que... Bref, nous avons jusqu'à demain jeudi
Pour opter : les délais expirent à midi.
— Opter ! Quel est ce mot ? Les délais !... Ta cervelle
S'est noyée, on le voit, dans la bière nouvelle.
— Vous vous trompez, mon père, et je n'ai pas trop bu ;
Vous feignez d'ignorer ce que chacun a su :
Que tout Alsacien (un décret le commande)
Doit opter pour la France ou la terre allemande.
Moi, mon petit commerce allant passablement,
J'en ai pris mon parti... je me fais Allemand.
— Tu te fais Allemand ?... et c'est devant ton père
Que tu viens l'avouer ? Lâche ! rentre sous terre :
Mauvais fils ? passe encor ! mais mauvais citoyen ?
Oh ! tu me fais douter que ton sang soit le mien.
Où donc as-tu puisé ce cœur bas et rapace ?
Va-t'en, va-t'en, de toi j'ai honte ; je te chasse...
Je te maud...

   Patience ! écoutez jusqu'au bout :
Que pour nos ennemis vous ayez peu de goût,

D'accord ; mais sachez bien qu'en leur faisant la mine,
Vous les éloignez tous... et que c'est ma ruine.
Mon père, croyez-moi, demain allez opter.
— Misérable ! tu viens ici pour m'insulter ?
— Non; mais il faut subir les lois de la conquête,
Ou bien cherchez un toit où poser votre tête,
Car pour vous, désormais, je ne serai plus rien.
— C'est là ton dernier mot ?... Tu me chasses?... C'est bien.
Je serai déjà loin à la prochaine aurore,
N'emportant avec moi qu'un lambeau tricolore,
Cet aigle, ce portrait de mon vieil empereur ;
Car c'est tout ce que j'ai... mais je garde l'honneur !
Je quitterai l'Alsace, et j'irai... Que m'importe !
Au hasard... devant moi!... Quand s'ouvrira la porte
De quelque paysan au voyageur lassé,
Il lui racontera les gloires du passé :
Je redirai les noms de ces foudres de guerre
Devant qui tant de rois fuyaient, rentraient sous terre,
Jusqu'à ce qu'un passant me trouve, un beau matin,
Dans le creux d'un fossé... mort de froid et de faim. »

Son fils s'est éloigné.

              Lors, le vieux militaire
A tiré d'un bahut, comme d'un reliquaire,
Une capote usée à double galon d'or,
Attestant que jadis il fut sergent-major ;

Sabre rouillé, fusil, shako, buffleterie,
Tout ce qui lui servait à sauver la patrie.
De sa lèvre brûlante il approche, à la fois,
Le portrait, le drapeau tricolore... sa croix...
Et puis.....

.  .  .  .  .  .  .  .  .  .  .  .  .  .  .  .  .

Le lendemain, au chant de l'alouette,
Son fils est à sa porte. Il frappe... ouvre... s'arrête...
Il a vu sur la dalle un long filet de sang.
La tête renversée, affaissé sur un banc,
Son père est là, vêtu de son vieil uniforme :
Approche, parricide; oh ! ne crois pas qu'il dorme !
Il hésite, il avance... et recule d'horreur :
Le vieillard s'est planté sa baïonnette au cœur !
Un papier grand ouvert, près de lui, sur la table,
Annonce, en mots épars, le drame épouvantable :
« *Fils ingrat... Pauvre Alsace !... Allemand, moi ?... Jamais !* »
Enfin d'un jet hardi :

« *Je veux rester Français !!!* »

# LES DERNIÈRES CARTOUCHES

*Au peintre Alp. de Neuville.*

INAUGURATION DU MONUMENT DE BAZEILLES

23 Nov. 1875

es dernières cartouches ! ! !
. . . . . . . . . . . . . .

De nos soldats-géants, Renommée aux cent bouches,
Tu rediras les noms et l'insigne valeur ;
Mais, pour te consacrer, épouvantable lutte,
Pour immortaliser ta dernière minute,
Il fallait plus qu'un peintre... il fallait un grand cœur !

Cernés, traqués, bloqués par d'innombrables troupes,
Marins, Turcos, Chasseurs, se sont rués, par groupes,

Et mis bien à couvert dans un méchant réduit.
Là, sur le Bavarois qui s'irrite, s'acharne,
Ils font un feu plongeant, et la moindre lucarne
Vomit un plomb fatal que la haine conduit.


Oh! les nobles héros! les figures altières!
De matelas troués ils font des meurtrières,
Et là, comme à l'affût, le plus mauvais tireur
Guette, choisit et frappe, à coup sûr, sa victime :
Brusquement arrêté, l'ennemi se décime ;
Dans ses rangs affolés a passé la terreur.


Trois heures a duré l'affreuse boucherie!
Mais d'où vient ce bruit sourd ?... C'est une batterie
Qui s'approche, et qu'on braque. Horreur! c'est le canon
Qui va parler en maître et clore le grand drame :
« Mes enfants, dit le chef, vous savez le programme;
Pas un ne l'oublîra, j'y compte : tenons bon! »


Ils tiennent!!! — Un obus a crevé la toiture,
Tué six défenseurs. Dans l'atmosphère obscure,
Éclatent des jurons : « Ventrebleu! Sacrebleu! »
Puis, parmi les débris, en rampant sur les dalles,
Où viennent s'aplatir et ricocher les balles,
On se cherche... on se trouve... et l'on reprend le feu.

Labourant le plafond, égratignant la pierre,
Chaque balle se fait doublement meurtrière ;
On dirait qu'elle veut, en les frappant au dos,
Flétrir de nos soldats la vaillante conduite,
Prouver qu'ils ont été tous atteints dans la fuite,
Et changer en poltrons ces sublimes héros.


Mais, soudain, le feu cesse, et dans toutes les bouches
Passe un mot désolé, navrant : Plus de cartouches !
On fouille alors les morts, on fouille les mourants :
Un zouave accroupi, l'épaule fracassée ;
Un marin qui soutient sa main gauche brisée
Avec son autre main, et râle entre ses dents.


Vivat ! ! ! dix coups encor ! Par coup, une victime
Dans les rangs bavarois ! D'un accord unanime,
— Car il ne reste plus une lueur d'espoir ! —
Le fusil est remis à la main la plus sûre,
Et dix fois il s'abat, et, par une embrasure,
Lance dix fois la mort sur le tourbillon noir.


C'est ce sublime instant, l'épisode suprême,
Qui grandit le soldat plus que le diadème,
Artiste sans rival, qu'a choisi ton pinceau ;

Cet instant où l'attaque est plus que lâche... impie ;
Où toits, meubles, cloisons, convertis en charpie,
S'entassent dans la chambre et ne font qu'un monceau...

L'instant où, résigné, la main dans une poche,
Un chasseur désarmé sent la mort qui s'approche,
Et l'attend de pied ferme, adossé contre un lit ;
Où le chef, accoudé sur une vieille armoire,
Œil fixe, front plissé, refuse encor de croire
Que de l'affreux combat le dernier mot est dit.

O toi ! de nos revers trop poignant interprète,
Achève l'épopée ! Un jour, que ta palette
A ces scènes d'horreur donne un digne pendant !
Tu nous y montreras la fin de la bataille,
Et, brûlé par la poudre, affrontant la mitraille,
Au seuil de la maison, le brave commandant :

« Frappez ! Pour mes soldats je m'offre en holocauste, »
Dit-il ; quand tout à coup, s'élançant de son poste,
Un des chefs ennemis le saisit dans ses bras,
Le couvre de son corps... refuse son épée,
Et contenant sa troupe autour de lui groupée :
« Respectez un héros, mes amis, armes bas ! »

7

Noble trait dont la Prusse a raison d'être fière !
Mais combien en eût-il fallu, dans cette guerre,
Pour nous faire oublier sa vile agression !
Loin de là ! Le vieillard, l'enfant à la mamelle,
Chaque âge enfin t'adjure, ô Justice éternelle !
De lui faire subir la loi du talion.

## LES BALAYEUSES

QUAND tout Paris sommeille encore,
Avant que la naissante aurore
Se montre à l'horizon lointain,
Diligentes, laborieuses,
Voyez les rudes travailleuses
Debout, les armes à la main.

Toutes, par couples, par escouades,
S'aident, en bonnes camarades
Et font simplement leur devoir;
Mais, quand l'inspecteur de police
Passe, à l'heure de son service,
C'est alors qu'il fait bon les voir.

Les unes redressant leur taille,
Vrais troupiers avant la bataille,
Les autres fronçant les sourcils :
Que n'as-tu, vaillante milice,
Pour la revue et l'exercice,
Au lieu de balais,... des fusils !

Hiver comme été, dans les rues,
Vétérans et jeunes recrues
Bravent le froid et les chaleurs,
Un bout de fichu sur la tête ;
Mais, devant lui, chacun s'arrête,
Car il porte nos trois couleurs !

Les trois couleurs de la patrie,
Drapeau qu'en sa forfanterie
Le vainqueur crut anéantir,
Et qui chaque jour se relève,
Ainsi qu'un arbre plein de sève,
Car il a pour lui... l'avenir !

O belles filles de l'Alsace !
Si vos traits conservent la trace
D'un épouvantable malheur,
Vous avez sauvé du naufrage
Un double et superbe héritage :
Le patriotisme et l'honneur.

Vous savez repousser l'injure ;
Dédaignant bijoux et parure
Contre un honteux engagement,
Votre réponse est toujours prête :
« J'aimerai, car je suis honnête,
« Un époux, jamais un amant. »

.  .  .  .  .  .  .  .  .  .  .

Souvent, quand passe l'hirondelle,
Leur triste cœur part avec elle,
Là-bas, là-bas, vers l'orient ;
Souvent aussi, vers le nuage,
Qui va du côté du village,
Leurs yeux se lèvent, en priant.

Puis quand vient la fin de septembre,
Le vingt-huit, on voit, dans leur chambre,
Un buste par leurs mains voilé :
C'est Strabourg ! — La pâle asphodèle,
Mêlée à la triste immortelle,
Orne son front immaculé.

Et plus ardente est leur prière
Qui vole jusqu'à la frontière,

Vers ce Rhin sans cesse irrité
De voir, de sentir à sa rive
L'Alsace, matyre et captive,
Revendiquant sa liberté.

# LE PÈRE RATAPLAN

D'ou lui venait ce nom : *Le Père Rataplan?*
De ce qu'il saluait, au premier jour de l'an,
D'un formidable ban, chacun sous leur fenêtre,
Le maire, les adjoints... et le garde champêtre;
Que c'était encor lui, dans l'ineffable jour
Où deux beaux fiancés font bénir leur amour,
Qui conduisait la noce, en tête, avec sa caisse,
Semant sur son parcours le bonheur, l'allégresse.
Quoique bien vieux, toujours jaloux de son talent,
(A l'armée il passait pour tambour excellent),

---

Pièce choisie pour les matinées littéraires des écoles, dans les vingt
arrondissements de Paris.

Après vêpres, le soir, presque tous les dimanches,
Il décrochait sa caisse, il retroussait ses manches,
Saisissait sa baguette entre ses doigts calleux...
Alors tout le passé remontait à ses yeux.
Il s'exerçait d'abord calmement, en sourdine ;
Puis son œil, tout à coup, s'animait; sa narine
Largement dilatée aspirait fièrement.
La séance s'ouvrait par un long roulement;
Et les gars d'alentour, à ce brillant prélude,
D'accourir ! Presque tous, ils ont pris l'habitude
D'écouter les récits de cet ancien soldat,
Récits qu'il leur débite, à mesure qu'il bat.
C'est bien, ou peu s'en faut, toujours la même chose,
Sa propre histoire à lui, mais en est-il la cause?
Un cercle s'est formé! Voilà le vrai moment!
A chaque marche, il fait un petit boniment,
Et c'est plaisir de voir la manière fringante
Dont il frise, en parlant, une moustache,.. absente :

« Écoutez tous ; c'est la diane !
Sortant d'un voile diaphane,
Voyez monter le roi-soleil !!
A travers les tentes il passe :
Soldat, ne fais pas la grimace;
Debout, debout, c'est le réveil !

« Le camp se change en fourmilière,
Mais pas un ne reste en arrière :
En avant, pas accéléré !
Le plus lourdaud marche à merveille,
Sac au dos, shako sur l'oreille,
Le jarret tendu, bien cambré.

« Enfants, cette autre batterie,
C'est le salut à la patrie,
Les honneurs rendus au drapeau !
Quand on l'entend, l'œil s'illumine,
Un feu vous brûle la poitrine,
Le frisson vous court sous la peau.

« Attention pour la retraite !
Le tapin n'a que sa baguette,
Mais voyez le tambour-major...
Dans l'air il fait tourner sa canne,
Il se dandine et se pavane
Sous son frac tout chamarré d'or.

« Et quand il passe, la soubrette,
Ent'rouvrant un rideau, le guette
Et sent battre son faible cœur :
Oh ! qu'il en coûte d'être sage
Sous cet œil noir qui vous ravage !
Pauvre soubrette ! heureux vainqueur !

« A droite, à gauche, une décharge !...

« Allons, tambours, battez la charge,

« C'est toujours bon contre la peur :

« Soldats, croisez la baïonnette,

« Ralliez-vous à mon aigrette,

« En avant ! vive l'Empereur ! ! ! »


« Ces mots-là, mes amis, je les entends encore :
C'était un seize juin, au lever de l'aurore ;
Nous avions devant nous les Prussiens et Blücher ;
Ligny... qu'il fallait prendre.

                     Un ouragan de fer
Sur nous passe en sifflant. Tous, nous courbons la tête,
Mais notre colonel : « Bravo ! voici la fête ! »
On s'élance... bientôt on nage dans le sang ;
Les Prussiens refoulés jusqu'au bord d'un étang,
Qui, de ses eaux, défend les abords du village,
Reprennent l'offensive et redoublent de rage :
« Mille bombes ! je crois que nous rétrogradons ? »
Dit le tambour-major, et soudain, en deux bonds,
Il se jette en avant. Du gros bout de sa canne
Frappant à tour de bras, il fend, ici, le crâne
D'un officier, et là, d'un simple fantassin ;
Des combattants nombreux il disperse l'essaim :
« Suivez-moi, les enfants ! voyez comme on travaille ;
« C'est en tapant ainsi qu'on gagne la bataille ! »

Et nous tous de le suivre. — En masse, nous passons
Dans l'étang : régiments, artilleurs et caissons ;
Car l'hécatombe humaine, incessamment accrue,
Le pave, en un instant, comme on pave une rue.
« La victoire est à nous !

      Dans ce massacre affreux,
Je n'ai rien attrapé ; mais, hélas ! moins heureux,
Mon tambour en revint presque hors de service :
Voyez, ici, ce trou... là, cette cicatrice !
Pauvre vieux ! comme moi, flambé plus qu'à demi,
Ce fut le dernier jour que tu vis l'ennemi ! »

Un soir qu'il achevait ces paroles unèbres,
Le vieux grognard entend au loin, dans les ténèbres,
Des bruits d'armes mêlés au tambour, au clairon ;
Et bondissant, alors, tel que, sous l'éperon,
Un cheval indocile, et respirant l'ivresse,
Son corps tout rabougri d'un seul coup se redresse.
Chaque régiment passe en hurlant : « A Berlin !
— A Berlin ???... mes amis, moi, j'en sais le chemin ;
Car, en dix-huit cent six, foudroyante campagne !
Passant comme l'éclair à travers l'Allemagne,
Ce fut là qu'un beau jour d'octobre nous mena,
Pour nous refaire un peu, le vainqueur d'Iéna.

Prenez-moi, voulez-vous? pour conseil et pour guide.
Je suis trop vieux?... D'accord; mais le coffre est solide,
Et ce bras, vous verrez, frappe encor de bons coups :
Ah! Messieurs les Prussiens, nous voilà! gare à vous ! »

Pendant toute la nuit a défilé l'armée
Marchant à la frontière et de gloire affamée.
Oh ! qui l'eût dit jamais, à son air martial,
Qu'elle allait au-devant d'un revers sans égal !

*Le père Rataplan,* du seuil de sa chaumière,
Voit passer, jusqu'au jour, toute la fourmilière.
Les derniers fantassins et les derniers canons
S'écoulent devant lui, quand, sur un des fanons,
Son œil se fixe... ô ciel ! le numéro quarante !
C'est son vieux régiment ! — Muet, bouche béante,
Il reste là, cloué; puis le voilà, malgré
Tous les efforts, qui bat le pas accéléré
Et se plante à côté d'un tambour presque imberbe,
En redressant sa taille... imposant et superbe !!!
. . . . . . . . . . . . . . . . . . .
. . . . . . . . . . . . . . . . . . .
Ce qu'il devint?... hélas! personne ne l'a su :
*Le père Rataplan* n'a jamais reparu.

## UN PATRIOTE

Un jour, j'étais entré chez un artiste habile
Qui taillait en plein marbre et d'une main fébrile
Les énergiques traits d'un illustre guerrier.
La porte s'ouvre. Un homme, au seuil de l'atelier
Se montre. Il a grand air. Sa carrure est robuste :
— « Je viens, Monsieur, dit-il, vous commander mon buste. »
L'artiste l'a toisé des yeux, puis, brusquement :
— « Je ne me trompe pas... Vous êtes Allemand ? »
— « Certes oui, j'en suis fier : pourquoi cette demande ? »
— « C'est que... tenez ! portez ailleurs votre commande. »
— « Le motif ?...

        — Une idée !

                         — Ah ! vous avez grand tort.
Mais, j'y songe : voici qui nous mettra d'accord. »

Et de billets de banque il jette une poignée.
L'autre s'est redressé, la figure indignée :
« Il vous faut votre buste avec le piédestal ?
« Fort bien ; mais c'est à moi de choisir le métal.
« Parmi tous les canons ravis à notre France,
« Allez m'en chercher un... dès demain je commence. »

## LE SACRISTAIN

Connaissez-vous le sacristain,
   Qui, dans le clocher du village,
Sonne l'*Angelus*, le matin,
Puis à midi, quand, à l'herbage,
Rumine ou dort le grand bœuf roux;
Enfin le soir, quand la vallée,
D'ombre et de mystère voilée,
Cache de tendres rendez-vous?

Que sa démarche est noble et fière
Malgré ses quatre-vingt-dix ans!
Mais, quand il porte la bannière
Dont les plis claquent à tous vents,

Pourquoi de Dunois, de Xaintrailles,
Semble-t-il un bouillant soldat
Courant au milieu du combat
Planter l'oriflamme aux murailles ?


Il fait du joyeux carillon
Retentir la note savante ;
Mais, pourquoi son talent brouillon
Mêle-t-il, sur l'airain qui chante,
Frappé par ses calleuses mains,
Dans une étrange mosaïque,
Un hymne, quelque saint cantique
Et de vieux airs républicains ?


Et quand il creuse au cimetière,
Sous l'ombrage du grand noyer,
Un trou pour l'humble prolétaire,
Trop pauvre, hélas ! pour le payer ;
Pourquoi ses regards sont-ils sombres
Il vit seul depuis bien longtemps
Et n'a pas d'épouse, d'enfants
Partis pour le séjour des ombres !


.   .   .   .   .   .   .   .   .   .   .

.   .   .   .   .   .   .   .   .   .   .

C'est qu'à vingt-ans, porte-drapeau,
Sous les yeux du grand capitaine,
Dans les plaines de Marengo,
Voyant la déroute certaine,
Il se rue au flanc du vainqueur,
Entraîne l'armée en délire...
Mais, hélas! il ne sait pas lire...
On lui donne... un sabre d'honneur.

C'est qu'il était de cette armée
Qui, de Madrid jusqu'au Kremlin,
Poussait du pied, comme un pygmée,
Des peuples chaque souverain;
C'est que, dans les jours de victoire,
Au bivac, soldat triomphant,
Il dansait comme un grand enfant,
Ou chantait des refrains de gloire.

Quinze ans, il suivit le canon
Qui mit les trônes en jachère,
Et confondit dans ton seul nom,
France, tout le vieil hémisphère.
Puis d'Austerlitz, d'Iéna, d'Eylau,
La nuit éteint les brillants phares,
Un cri domine les fanfares:
Dix-huit cent quinze!... Waterloo!

8

Quand l'heure du désastre sonne,
Couvert de sang, défiguré,
Il est là, tout près de Cambronne,
Au centre du dernier carré.
Il voit sa rage, sa démence,
Quand, montrant le poing aux Anglais,
Il vomit sur leurs rangs épais
Un mot superbe d'insolence (1).

Tous deux ils tombent écrasés
Par la foudroyante mitraille,
Au milieu des morts entassés
Sur l'horrible champ de bataille;
Quand la nuit vient, sur les genoux,
Rampent des blessés à l'œil glauque,
Les bras tendus, et la voix rauque,
Leur criant : « Amis, sauvez-nous ! »

. . . . . . . . . . .
. . . . . . . . . .

Voilà pourquoi le sacristain,
Qui, dans le clocher du village,
Le soir, à midi, le matin,
Va tinter les trois coups d'usage,

---

(1) Le mot de Cambronne a été travesti en *La Garde meurt et ne se
rend pas.*

S'égare en profanes accords;
Comment, aux jours de grande fête,
Il porte fièrement la tête,
Comment il pleure sur les morts.

# LA CONFESSION

LE prêtre avait posé sur la table rustique,
  Ornée à cet effet, le sacré viatique,
Et, s'approchant du lit hermétiquement clos,
Sa main tremblante en ouvre à demi les rideaux :
— « Soyez forte, dit-il, à cette heure suprême ;
Dieu ne rappelle à lui que les enfants qu'il aime.
Les temps étaient, pour vous, trop rudes, trop affreux,
Précédez-nous, ma fille, au séjour des heureux. »
Sur son front incliné, sa main, alors, se lève ;
Il va l'absoudre... mais, sortant comme d'un rêve,
Et les yeux dilatés par un secret effroi :
« Arrêtez ! pas encor ! dit-elle, écoutez-moi.
Celle que vous alliez absoudre en est indigne.
Quoi ! vous ne voyez rien ?... pas un indice... un signe ?...

Je n'inspire donc pas le mépris et l'horreur ?
Eh bien ! mon père, eh bien !... j'ai vendu mon honneur. »
Le prêtre dans ses mains cache sa tête chauve :
« O mon enfant ! dit-il, le repentir nous sauve ;
Repentez-vous. »
                          Mais elle :
                                    « A l'heure de la mort,
Ce que j'ai fait, hélas ! je le ferais encor. »
Tout son être, à ces mots, et s'exalte et s'anime.
Oh ! comment la sauver, la tirer de l'abîme ?
Alors, l'homme de Dieu prend un ton caressant ;
Dans son heureuse enfance il pénètre, il descend
Et cherche à s'étourdir sur ce qu'il vient d'entendre.
Il sait tout... et pourtant il hésite à comprendre.
Mais elle, l'attirant faiblement par la main :
« Le temps presse... écoutez... je sens venir ma fin.


« Vous savez, quand la paix, l'an dernier, fut signée,
Après ce duel affreux, cette large saignée
Par où s'en est allé le sang de deux pays,
Vous savez qu'il fallut, et Dieu sait à quel prix !
Avec nos durs vainqueurs définir les frontières.
Combien de châteaux forts qui portaient nos bannières,
Après avoir lutté jusqu'au bout... vainement,
Courbaient leur front altier sous le joug allemand !

Mais sur le sable seul vient mourir la tempête.
Quels hameaux serviraient de digue à la conquête ?
Chacun s'interrogeait, et, l'œil morne, navré,
Contemplait, en pleurant, son champ, son bois, son pré.

« Mon père allait souvent à la ville prochaine
S'enquérir. — Certain soir, lentement, par la plaine,
Je l'en vois revenir. Il menace du poing
Un être fantastique et que je ne vois point.
Me jettant à son cou, dans mes bras je l'enlace...
Pour la première fois à peine s'il m'embrasse.
Des mots entrecoupés passent entre ses dents :
« O mes pauvres enfants ! ô mes pauvres enfants ! »
Puis sa main me repousse, et courant à la ferme,
Jusques au lendemain dans sa chambre il s'enferme.

« Au lever du soleil, là-bas, sur le versant
Du coteau qui vers nous en ondulant descend,
J'aperçois des soldats travailler sans relâche :
Nos vainqueurs ! — Qui peut donc les river à la tàche ?
J'accours !... Sur le chemin qu'ont suivi leurs canons,
S'échelonnent des pieux surmontés de fanons.
D'un côté, c'est la Prusse, et de l'autre... la France !
Ah ! tout est consommé ! L'hydre horrible s'avance,
Sans dévier d'un pas, droit comme le boulet,
Coupant en deux tronçons vigne, herbage, chalet ;

Au mépris d'un conseil, d'un avis charitable,
L'Allemand se redresse altier, impitoyable.

« Le soir, l'état-major, à la ferme installé,
Étudiait un plan sous ses yeux déroulé :
La carte du pays ! — Notre pauvre village,
Ses bois et son ruisseau, ses champs, son marécage,
Tout s'y trouvait ; oui, tout... jusques au grand chemin
Qui me paraissait long comme un doigt de la main.
On m'éloigne d'un mot ; mais, derrière la porte,
L'œil au guet, frissonnante et plus d'à moitié morte,
Je peux voir... et j'entends discuter, froidement,
La honte de la France et son démembrement.
Prussiens et Français, tour à tour, sur la carte,
Promenaient le compas. — Soudain, l'un d'eux s'écarte,
Et j'aperçois, grand Dieu ! piqués en double rang,
Notre drapeau sacré... leur drapeau noir et blanc.
Ils marquent, désormais, la nouvelle frontière.
Un nuage de sang passe sur ma paupière :
Seigneur ! n'auras-tu pas pitié de tes enfants ?
Non. Tout est bien fini !... Nous sommes Allemands !

Nous sommes Allemands !...

                              Une main cherche encore
A porter de nouveau le drapeau tricolore
Un peu vers l'orient. — L'orgueilleux Prussien
L'arrêtant :

« Non, dit-il, de nous n'attendez rien.

« Tant pis si le chemin coupe en deux le village ;

« Chacun prendra sa part. Eh ! n'est-ce pas l'usage ? »

Un jeune colonel, un Français celui-là !

(Je l'aurais embrassé !) tout à coup se leva :

« Général, un seul mot. Réfléchissez, de grâce ;

« Pourquoi traiter plus mal ce pays que l'Alsace ;

« Couper en deux tronçons les plus humbles hameaux ;

« Transformer des parents, des amis, en rivaux ;

« Et ne pas adopter pour limite et clôture

« Le ruisseau près d'ici placé par la nature ?

« Les villages brûlés, crevés par vos boulets,

« A l'un de nous, au moins, reviendraient tout complets.

« Quels que soient les détours que son courant décrive,

« Pour borne prenons-en l'un et l'autre une rive. »

Mais lui : « Séparons-nous ; il se fait tard. Demain,

« Nous en reparlerons... après mûr examen. »

M'apercevant alors :

                    « La gentille Allemande !

« Ma foi, ce joyau-là vaut bien qu'on le défende. »

. . . . . . . . . . . . . . . . . .


« Depuis longtemps déjà dans la ferme tout dort.

Moi, je ne puis dormir ! — Appuyée au rebord

De ma couche, et le corps agité par la fièvre,

Je sens le même nom qui m'arrive à la lèvre ;

Et quel nom?... Allemande! — Il allume en mon sein
Et bientôt me conseille un imprudent dessein.
Allemande!!! A ce mot, de ma tempe j'essuie
Une·sueur pareille à des gouttes de pluie.
Enfin je n'y tiens plus! Je descends. Dans la cour
Scintille une lumière. En prenant un détour,
Je m'approche... Une voix disait :

                 « Femme, qu'importe
« Ce que nous possédons !... La patrie est bien morte,
« Partons, et dussions-nous mendier notre pain,
« Non, je ne veux pas être un Allemand... demain. »
C'en est trop! je m'enfuis! D'une main, que rend forte
Mon amour filial, je fais trembler la porte
De celui qui, d'un mot, peut changer notre sort;
Oui, d'un mot, nous donner ou la vie ou la mort.


Il n'était pas couché. Sur un rustique siège
Je le vois assoupi :

            « De grâce, m'écriai-je,
« Soyez clément ! Pitié! Je suis à vos genoux;
« Oh! ne nous rendez pas Allemands... comme vous ! »
Il s'éveille à ma voix :

             « Oui-da! voyons, mon ange,
« Qu'allez-vous me donner, ici même, en échange
« De ce méchant hameau qui vous tient tant au cœur?
« Peut-on de vos attraits être l'heureux vainqueur? »

Et passant sur ma joue, en riant, sa main rude :
« Pour un peintre, vrai Dieu ! le beau sujet d'étude ! »
Je m'aperçois... trop tard ! que, pour tout vêtement,
Je n'ai que celui seul que l'on porte en dormant.
En vain de mes deux mains je couvre ma poitrine,
A plonger sur mon sein son œil ardent s'obstine.
Il m'a saisie !! O ciel ! je me sens dans ses bras !
Et lui, pendant qu'en vain je lutte et me débats :
« Les superbes cheveux ! Oh ! quelle blanche épaule !
« Du pudique Joseph ne jouons pas le rôle ;
« Bien fou qui comme lui laisserait son manteau ;
« Souffrez, la belle enfant, que je goûte au gâteau. »
D'un brusque mouvement, enfin, je me dégage :
« Lâche ! » m'écriai-je, et je lui crache au visage.
Il pâlit sous l'affront, puis reprend froidement :
« Si vous n'êtes à moi, j'en fais ici serment,
« Je prends de ce village une part à la France ;
« De son sort, dans vos mains, vous tenez la balance ;
« A vous seule appartient de la faire pencher,
« Vous seule à notre joug vous pouvez l'arracher.
« Mais si je perds ici ma première bataille,
« Je saurai mesurer ma vengeance à ma taille ;
« Et quand j'aurai coupé votre village en deux,
« Vous verrez, belle enfant qui repoussez mes vœux,
« Armés, dès aujourd'hui, pour les prochaines guerres,
« Parents contre parents et frères contre frères. »

« Il se tait... mais sa main fiévreuse, sur le plan,
Joue avec les drapeaux. — Parfois, d'un geste lent,
Il les fait avancer... les retire en arrière,
Et son œil me demande où placer la frontière.
Comme un fantôme, alors, devant moi s'est dressé
Le bon temps d'autrefois, tout mon heureux passé ;
Puis, contraste navrant ! j'ai vu, courbés par l'âge,
Mes parents fugitifs, sans force, sans courage :
Ils pleuraient... j'entendais leurs déchirants adieux
Au foyer habité jadis par leur aïeux...
Jusqu'à nos morts aimés, en cet instant suprême,
Qui, du fond des tombeaux, me criaient : « Anathème!
« Ou sauve ton pays... même au prix de l'honneur. »
J'étouffais. Tous mon sang me refluait au cœur,
Et toujours bourdonnaient ces deux mots : « Sois martyre. »
Alors, mon père... alors..., dans un fatal délire,
Haletante, épuisée, à bout de force, en pleurs,
Je cède, je me livre... et maintenant... je meurs!
Je meurs ! mais que la mort est douce à qui s'écrie :
« Mon village est français! je meurs pour la patrie! »

Et le prêtre, pleurant, répétait, à genoux :
« Sainte du paradis, priez, priez pour nous !!! »

## LE NOUVEAU DRAPEAU

Aн! tu la crois à toi, notre Alsace meurtrie?
Ouvre-lui donc le cœur... le grand nom de Patrie
S'y montrera gravé, vil contempteur du droit.
En vain, comme à l'oiseau, tu veux dorer sa cage,
La femme, à ton aspect, détourne le visage,
Et comme un étranger l'enfant te montre au doigt.


N'entends-tu pas, au loin, le bruit d'une dispute?
Un échange de coups, les efforts d'une lutte?
Enfin un cri suprême? Approche, écoute bien...
Un homme est là, couché, râlant, à bout d'injure;
Pourtant il se soulève et crache à la figure
De son vainqueur un mot... et quel mot?... Prussien!!!

« De par la volonté de l'empereur Guillaume
L'Alsace, désormais, n'aura qu'un idiome. »
Cela s'affiche, mais, la langue des aïeux,
Qui jamais l'oublîrait? Quand sonne la prière :
« Prie en français, mon fils, répète chaque mère,
En berçant son enfant, Dieu te comprendra mieux. »

Aussi voit-on souvent quelque rousse moustache
Sur des femmes brandir le fouet ou la cravache.
Vous pouvez l'attester, ô vous qui, fièrement,
Arborant sur vos fronts le ruban tricolore,
Némésis annonçant une prochaine aurore,
Passiez et repassiez devant leur campement!

Vous pouvez l'attester, ô trio d'héroïnes!
Vous qui portiez croisés sur vos chastes poitrines
Des fichus disposés, eût-on dit, au hasard :
L'un bleu, l'autre tout blanc, rouge enfin le troisième,
Et qui pour nous formaient un consolant emblème,
Le drapeau du pays, notre saint étendard !

« Peut-être péchons-nous par trop de hardiesse?
Se disent les vaincus : eh bien, usons d'adresse!...
O France! que ton nom, qui fait battre nos cœurs,
Se change, à l'avenir, en nom de jeune fille;
Que partout propagé de famille en famille,
Il retourne le fer dans le sein des vainqueurs. »

Jusques au paysan qui proteste lui-même
Contre le rapt impie ! — Avec malice il sème,
Pour séparer son champ des champs de ses voisins,
En triple rang, bluet, coquelicot, pervenche,
Couleurs de son pays, drapeau de la revanche,
Et que Dieu fait pousser... car il a ses desseins !

Au vent qui passe il dit : « Emportez-en la graine;
Allez la déposer aux champs de la Lorraine. »
Aussi, dans les grands prés, au revers du chemin,
L'étendard tricolore, en avril, se déploie;
Il semble, en s'allongeant, ressaisir une proie,
Et dire aux fiers vainqueurs : « Vous partirez demain ! »

# POÉSIES DRAMATIQUES

# LE SAUVETEUR (1)

Au sommet d'un grand cap, sur la côte bretonne,
  Se dresse, comme un mât, une blanche colonne.
C'est un phare! œil ouvert sur le pauvre marin,
Et qui, la nuit, le guide ainsi qu'avec la main.
Un ancien timonier retiré du service
Est chargé par l'État du scrupuleux office
D'allumer et d'éteindre, en son temps, le fanal.
Le village voisin est son pays natal.

(1) Pièce qui a obtenu la médaille d'or au concours ouvert par la Société nationale d'Encouragement au bien.

Veuf, il s'est entouré de sa jeune famille,
De son fils, bon pêcheur ; de sa bru, digne fille
Qui recoud les filets et soigne les enfants :
Trois garçons dont l'aîné va prendre ses cinq ans.
Dans cet asile où règne amour et paix profonde,
Suspendu, comme un nid, entre le ciel et l'onde,
On rêve de mourir !... Sur cette terre, hélas !
Est-il un coin qui n'ait ses drames, ses combats ?


La nuit tombe !... au dehors, tout pressent la tempête :
Les arbres frissonnant, l'ajonc courbant la tête,
Les vagues écumant contre le noir écueil,
Ou se creusant, parfois, en forme de cercueil ;
De nombreux goélands les bandes effrayées
Tournoyant dans les airs, par le vent balayées
Sur la nature entière un sinistre reflet ;
La mer, dans son reflux, entraînant le galet,
Ou, quand frappant le roc, elle bondit en gerbe,
Crachant tout son varech sur la mousse et sur l'herbe.


Le phare est allumé ! Le gardien s'est assis,
Tout songeur, sur un banc, à côté de son fils ;
Mais, parfois, il se lève, et son œil triste et morne
Va sonder tous les points de l'horizon sans borne.

Enfin, hochant la tête :

       — « A demain le sommeil !
« Çà, mon garçon, dit-il, tenons-nous en éveil.
« A dormir par ce temps qui pourrait se ,résoudre ?
« La mer est grosse, au large, et le vent souffle en foudre.
« J'ai de plus, je l'avoue, un noir pressentiment ;
« Quelque chose m'annonce un grave événement...
« Tu t'en souviens ? ce fut par une nuit semblable
« Que se perdit, ici, le brick *le Formidable ?*
— « Ah ! si je m'en souviens ! J'étais tout jeune, alors,
« Mais je vous vois toujours, à travers mille morts,
« Vous jeter par trois fois, sans broncher, à la nage
« Et porter un grelin qui sauve l'équipage.
« Je vous vois, au retour, ballotté par les flots,
« Rejeté sur le bord, tout sanglant, en lambeaux...
— « Assez, assez, mon fils, c'est une vieille histoire ;
« J'ai fait ce que j'ai dû : vraiment, la belle gloire ! »

Tout se tait de nouveau. — Dans l'horloge de bois,
Le vieux timbre grinçant résonne douze fois.
Est-ce l'instant marqué ? Tout à coup, le cyclone,
Du bout de l'horizon accourt, éclate et tonne.
Horrible artillerie ! ! ! — Aux bleuâtres éclairs,
D'épouvantables bruits se mêlent dans les airs :
Roulements de tambour, sons stridents de fanfare,
Et sur sa base on sent vaciller le grand phare.

La mère qui berçait son enfant nouveau-né,
Lève sur son époux un regard consterné,
Puis, devant une image allumant un beau cierge :
— « Pour nos pauvres marins, ô toi, puissante Vierge !
« Dit-elle, en se signant, j'invoque ton saint nom !... »

Tout à coup, un bruit sourd au loin !... C'est le canon !
— « Debout, mon fils, debout ! descendons à la plage,
« Nous aurons, je le crains, cette nuit, de l'ouvrage ! »
Et tous deux endossant leurs habits goudronnés,
Des cordes sur les bras, partent, déterminés.

Au ciel, pas une étoile ! ! ! Une frange d'écume
A la crête des flots scintille dans la brume ;
Mais, au lugubre appel qui tonne à l'horizon,
Du village voisin s'ouvre chaque maison.
Cent pêcheurs, une torche à la main, sur la grève
Accourent..., jusqu'au vieux curé qui se relève,
Toujours prêt à remplir sa sainte mission,
A donner aux mourants la suprême onction.
Pour sauver le vaisseau, que peut-on mettre en œuvre ?
Dans la nuit, périlleuse est la moindre manœuvre ;
L'œil le cherche... et ne voit qu'un falot ballotté
Qui s'approche, va, vient, au large est rejeté :
— « Eh ! qu'avons-nous besoin de câbles, de bouée ?
Hasarde un vieux marin à la voix enrouée ;

« Allons ! six bons rameurs ! à la mer le canot ! »
Ciel ! il est retourné bout par bout par le flot...
Et toujours le canon, sur la mer infinie,
Jette un dernier appel d'angoisse et d'agonie.

Le jour paraît enfin ! ! ! — Tel qu'un pâle fanal,
Le soleil dissipant le brouillard matinal
Découvre un grand trois-mâts. — A peine s'il gouverne...
Tout à coup, il a mis son pavillon en berne :
Hélas ! Quel pavillon ! ! ! — Ce n'est plus qu'un lambeau
Découpé par le vent et tout souillé par l'eau ;
Mais, épargnée encor dans l'horrible tempête,
Ressort, sur un fond blanc, une aigle à double tête :
C'est un vaisseau prussien ! ! !
                              Dans un suprême effort,
Une lutte impossible, on le sent qui se tord.
Il a clos l'écoutille... il cargue sa voilure...
Et le vent, malgré tout, fait craquer sa mâture.
Saisi, puis soulevé par un flot, sur le roc
Il retombe et talonne... Épouvantable choc
Qui coupe en deux sa quille, ouvre, affreuse et béante,
Une plaie où la mer s'engouffre, mugissante.
Alors, dans les huniers, alors, dans les haubans,
On entend des clameurs et des cris déchirants.
C'en est fait ! Du mourant a commencé le râle ;
Quand la voix du gardien dominant la rafale :

— « Arrière, mes amis, pour ce maudit vaisseau
« Laissez-moi, laissez-moi risquer encor ma peau.
« Nul, d'ailleurs, mieux que moi, ne pourrait, à la nage,
« Lui porter un grelin, tenter le sauvetage (1) ;
« C'est mon lot, vous savez, je n'usurpe aucun droit.
« Ce drapeau ?... je comprends.. vous le montrez au doigt...
« Qu'importe sa couleur et comment il se nomme !
« Un naufragé, pour nous, est avant tout... un homme ! »
Son fils veut s'élancer :
              — « Et depuis quand, dit-il,
« En l'écartant du bras, à l'heure du péril,
« De son chef un soldat vient-il prendre la place? »
Puis se radoucissant :
              « Allons ! que je t'embrasse !
« Si le bon Dieu n'a pas pitié de mes vieux ans,
« Si je reste... là-bas, de moi parle aux enfants. »


O moment solennel ! épouvantable drame !
Plongeant avec adresse, il passe sous la lame
Pour reparaître au large, et des signes de croix,
Des prières, des vœux, le suivent à la fois.
Le nageur, par degrés, du vaisseau se rapproche,
Et lorsque de tribord à babord, sur la roche

---

(1) La plupart des pêcheurs savent à peine nager.

Il le voit s'incliner, calculant bien le but,
Il lance sur le pont le câble de salut.
Vingt hommes, à la fois, l'ont saisi. L'équipage,
Par rang d'ancienneté, règle le sauvetage.
Suspendus par les mains sur l'affreux élément,
Les mousses, les premiers, s'avancent lentement,
Et le reste les suit, tel qu'une longue chaîne,
Ou ramassé, parfois, comme une grappe humaine.
Enfin, l'un après l'autre, en un suprême effort,
Sur le galet s'élance, y tombe à demi mort.

Le dernier à son bord, où le devoir l'enchaîne,
Calme, imposant, on voit le brave capitaine,
Tout près de l'artimon, comme aux jours de combat ;
De sa plus forte étreinte il entoure le mât ;
Puis, lorsque vient l'instant, soûs le flot qui l'assiège,
Où son pauvre vaisseau se rompt, se désagrège,
Il l'enveloppe, alors, de ce regard navrant,
De ce regard de mère à son enfant mourant,
Se cramponne à son tour à la corde tremblante
Et se laisse glisser...
                    On frémit d'épouvante !
Par un grand coup de mer le plat bord arraché
Emporte le cordage à son bois attaché ;
Le beaupré craque et tombe. Errant à l'aventure,
Se pressant, se heurtant, des lambeaux de voilure,

Des vergues, des agrès ensemble confondus,
Pour cet infortuné sont un danger de plus.
Le vieillard qu'une lame a lancé sur la grève
Entend un cri d'horreur... regarde... se relève... :
— « Il en reste encor un ? Eh bien ! j'y vais. » — Hélas !
Épuisé, haletant, il tombe au premier pas.
Alors :
          — « A toi, mon fils, à toi ! que Dieu te garde !
« Va, va, fais de ton mieux ! ton père te regarde ! »
Et le fils a déjà dépassé le remous ;
Sur un tronçon de mât on le voit, à genoux,
Reprendre haleine, enfin, d'un bond, vers la victime,
S'élancer, la saisir, la tirer de l'abîme ;
Et quand il touche au bord, le père, triomphant,
Se jette, tout en pleurs, au cou de son enfant.
. . . . . . . . . . . . . . . . .
. . . . . . . . . . . . . . . . .
Aujourd'hui, quand ils vont à la ville prochaine,
Jamais ils n'oublîraient, sur leur veste de laine,
D'attacher, tous les deux, le prix de leur valeur ;
Et, d'aussi loin qu'il voit l'étoile de l'honneur,
Le soldat se redresse et se met au port d'arme ;
Eux, alors, sur leur manche essuyant une larme,
Répondent au salut... poursuivent leur chemin...
Et, tout fiers l'un de l'autre, ils se serrent la main.

# POUR LE BON DIEU

SEIGNEUR Jésus ! dit la servante,
  Que nous ramène le curé ?
Trois enfants ?... une mendiante ?...
Seigneur Jésus, *Miserere !* »
Mais le pasteur : — « Allons, Thérèse,
Qu'on m'obéisse et qu'on se taise.
Il neige... ranimez le feu ;
Videz le buffet et la huche,
De cidre remplissez la cruche :
Donnons, donnons... pour le bon Dieu ! »

« Qui sonne ? Ah ! c'est Jeanne-Marie !
Ton père vient-il d'expirer ?
— Il est bien mal, je vous en prie,
Venez vite l'administrer :

« J'y cours ! »

        Mais la vieille : — « Impossible !
Dehors, la bourrasque est terrible ;
Attendez, attendez un peu. »
Et lui, du ton le plus tranquille :
— Ne lit-on pas dans l'Évangile :
« Oublions-nous... pour le bon Dieu ? »

— La route est longue !

           — Par la plage
On peut l'abréger de moitié.
— Songez-y, Monsieur... à votre âge !
— Épargnez-moi votre pitié !
Ton bras, bedeau, que je m'appuie ;
Plaçons sous le grand parapluie
Le Saint Viatique, au milieu ;
Hâtons-nous, car le flux approche ;
En route ! fais sonner ta cloche,
En route ! c'est pour le bon Dieu ! »

Le vent, le froid, rien ne l'arrête,
Et déjà le son argentin
Qui passe à travers la tempête
S'éteint... et meurt dans le lointain.
Le curé, de son pied rapide,
Enjambe varech, sable humide ;

Pour lui chaque obstacle est un jeu ;
A son bedeau tout hors d'haleine
Il dit : « Eh ! qu'importe la peine ?
Nous travaillons... pour le bon Dieu ! »

Un jour ces mots, tels qu'un tonnerre,
Grondent : « La France est en danger ! »
— Enfant, cours embrasser ta mère
Et va combattre l'étranger.
Moi je te suivrai... sans épée !
Ton âme, au pardon retrempée,
De vaincre ou mourir fera vœu ;
Que la bannière de l'Église
Soit ton étendard ! qu'on y lise :
« Pour la Patrie et le bon Dieu ! »

La croix en main, le vaillant prêtre
Montre la route de l'honneur
A ces conscrits... qu'il a vu naître,
Et, grâce à lui, tous ont du cœur.
Il soigne... il absout... il enterre...
Pour une sœur, pour un vieux père,
Se charge d'un suprême adieu.
Un blessé mord ses draps de rage,
Il s'en approche : « Ami, courage !
Il faut souffrir... pour le bon Dieu ! »

Fatalité! dans la mêlée
Il s'élance, un jour, sans pâlir;
Il a vu sa troupe accablée
Et ses pauvres Bretons faiblir :
— « En avant! dit-il, espérance!
Enfants, là-haut plus de souffrance! »
— Et son doigt montre le ciel bleu —
Soudain, un éclat de mitraille
L'étend sur le champ de bataille...
Il jette un cri : « Pour le bon Dieu!!! »

# UNE MESSE SUR LA MER

### (ÉPISODE DU TEMPS DE LA TERREUR)

E jour où pénétra dans la vieille Armorique,
  Voilà près de cent ans, le nom de République,
Les Bretons, stupéfaits, ouvrirent de grands yeux.
Ce mot, nouveau pour eux, devaient-ils le maudire ?
Devaient-ils l'accepter ? Et tous semblaient se dire :
« Nous ne l'avons jamais appris de nos aïeux. »

A travers les grands bois et la verte *coulée*
Où les jeunes promis, sous la voûte étoilée,
N'échangeaient, tous les soirs, que doux serments d'amour,
On vit bientôt passer d'étranges uniformes ;
Au lieu du gai concert des oiseaux dans les ormes,
On entendait, parfois, retentir le tambour.

— « Chassez tous vos pasteurs, ces prôneurs de sottises,
Vint-on leur dire : allons! abattez vos églises!
Plus de culte divin, de cantiques, d'autel ! »
— « C'est bien, dit le Breton, mais nous avons les astres ;
Ils seront, désormais, en de pareils désastres,
Le seul trait d'union entre nous et le ciel.

« Dieu, des plus sombres nuits dissipant tous les voiles,
Allumera pour nous, par milliers, ses étoiles :
On les voit de plus loin que le plus haut clocher!
Que leur font votre armée et vos plans de bataille,
Et vos canons chargés à boulet, à mitraille?
Vous ne pourrez, du ciel, jamais les arracher. »

Les prêtres sont traqués ; sur eux on fait main basse ;
Pris, ils sont condamnés ; point de merci, de grâce!
Au bourg le plus voisin les attend l'échafaud...
Mais le rusé Breton les enlève, les cache,
Sous vingt déguisements les soustrait à la hache :
Les *Bleus* sont dépistés !... la meute est en défaut!

Qui les reconnaîtrait sous la sordide braie
De ce berger gardant, à l'abri d'une haie,
Son troupeau qui s'en va broutant par le chemin ?
Ou dans ce mendiant à la sale défroque,
Tournant et retournant un vieux feutre... une loque !
Et qui tend aux passants une tremblante main ?

C'est ainsi qu'on les voit, de village en village,
S'efforçant d'arracher à l'immense naufrage
Le respect envers Dieu, le dévouement au Roi.
Avant qu'à l'orient le jour vienne à paraître,
Le berger se transforme et devient un saint prêtre
Versant à ses brebis son amour et sa foi.

Sous le toit crevassé d'un chaume, d'une étable,
S'accomplit, en secret, le mystère ineffable
Qui ne fait qu'un de l'homme avec son Créateur :
Le Dieu du ciel descend, dans sa magnificence,
Près des obscurs témoins de son humble naissance,
Dont le front allongé dénote la stupeur.

Cruelle chasse à l'homme ! — En tout lieux on les cerne !
Pour temple ils n'ont bientôt qu'un bois, une caverne,
Et pour unique autel qu'un vieux *dolmen* gaulois ;
La pierre où le Druide égorgeait la victime,
Où chaque sacrifice était un nouveau crime,
Se teint d'un sang divin... du sang du Roi des Rois ! ! !

*
* *

Minuit ! ! ! Sombre est le ciel. — Des anses et des criques,
Surgissent, tout à coup, des ombres fantastiques :
Des canots suspendus à la crête des flots.

Où vont-ils ?... oh ! sans doute, à de terribles drames,
Car les marins, muets, sont courbés sur leurs rames :
Le moindre bruit pourrait éveiller les échos ?

Non. — Leur but ? C'est, au large, une tremblante étoile,
Un fanal dessinant le profil d'une voile
Et les flancs arrondis d'un gros bateau ponté.
Leur guide ? C'est le son d'une cloche qui tinte,
A coups lents, réguliers, et qui, tel qu'une plainte,
Par la brise des nuits vers eux est apporté.

Ainsi, quand autrefois, à la rive helvétique,
Guillaume Tell jeta son cri patriotique,
Vit-on les trois cantons : Schwytz, Unterwald, Uri,
Dépister leur tyran, et, pour cacher leur trace,
Se confier au lac, puis, s'élancer en masse,
Pour jurer le serment solennel, au Grutli !

Autour du grand bateau chaque barque s'amarre.
Oh ! le sublime instant ! Soudain, près de la barre,
Devant le simple autel dressé contre un des mâts,
Apparaît un vieillard. Sa tête est blanchissante,
Mais, dominant les flots, sa voix retentissante
Semble l'appel d'un chef animant ses soldats.

C'est une messe en mer !... la ressource suprême.
C'est une messe en mer !... le dernier stratagème

De l'opprimé luttant contre son assassin.
Quand, parfois, du fanal tombe un jet de lumière,
On voit, dans chaque barque, une famille entière :
Hommes, femmes, vieillards... et des enfants au sein.

Qui pourrait évoquer scène plus grandiose?
Dans le lointain, la terre, où tout dort, tout repose;
Ici, des  fronts courbés, des chrétiens à genoux;
Et tandis que les flots font gronder leurs tonnerres,
Ces mots tombant des cieux : « Espérance, mes frères,
« Que la paix du Très-Haut descende parmi nous! »

. . . . . . . . . . . . . . . . . .

. . . . . . . . . . . . . . . . .

Tout est dit! Le fanal est éteint. — En silence,
Chaque barque regagne ou sa crique, ou son anse;
Mais demain, sur un signe, un avertissement,
Ces défenseurs du Christ, on les verra, peut-être,
Bravant mille dangers, de nouveau reparaître
Et cingler, pleins d'ardeur, au lieu du ralliement.

Ah! faut-il que toujours Judas livre son Maître ???
C'était par la nuit noire; au moment où le prêtre
Levait la sainte hostie en implorant son Dieu;
Soudain, d'une frégate on vit la silhouette
S'embosser au rivage et couper la retraite;
Puis passa dans les airs ce commandement : Feu !!!

Ils tombèrent huit cents sous l'horrible mitraille.
On tira jusqu'au jour contre cette canaille ;
— Ainsi les nommait-on ces valeureux enfants ! —
Quand la mer eut lavé la honteuse curée,
Dans un havre prochain la frégate est rentrée,
Au milieu de vivats et de cris triomphants.

* * *

Un soir, je parcourais les grèves de Bretagne ;
Tout à coup j'entendis passer sur la campagne
Un chant de mort suivi d'un long gémissement.
D'où pouvait-il venir, ce râle d'agonie ?
Je regardai la mer !... Elle était calme, unie,
Sauf, à quelque distance, un léger renflement.

Abordant un vieux pâtre : — « Où suis-je, demandai-je,
Et quel est cet endroit ? »

                   — « Le lieu du sacrilège :
« Ils sont huit cents martyrs dans le sable entassés,
« Là-bas où vous voyez l'Océan qui moutonne.
« Que ces plaintes, ces chants n'aient rien qui vous étonne,
« Car cette anse a pour nom : l'*Anse des Trépassés*. »

# GAVROCHE

( Croquis parisien )

Nez de fouine, œil de souris,
    Ballotté dans le grand Paris
Tel que par la houle une épave,
Déjeunant ?... on ne sait comment,
Dînant ?... encor plus sobrement,
Mais portant sa misère en brave ;

L'été, s'endormant sous un pont,
Avec une arche pour plafond,
Bercé par le bruit des voitures ;
Et l'hiver, au fond d'un bateau,
Recouvert, comme d'un manteau,
Par quelques lambeaux de voilures...

Voilà Gavroche ! — Son métier ?
Il n'en a point. Vivre en rentier,
Vivre libre, c'est là son rêve !
Souverain maître du trottoir,
Il y flâne matin et soir,
Pareil à l'ouvrier en grève.

Se trouve-t-il dans l'embarras ?
Il a dans les mains vingt états :
D'un fiacre il ouvre la portière,
Porte billets de rendez-vous,
Enfin, moyennant quelques sous,
Lave les chiens à la rivière.

Fidèle apôtre du lundi,
D'un théâtre, l'après-midi,
Il enfourche la balustrade.
Le guichet s'ouvre... au paradis
Le voilà juché, mais au prix
De horions dans l'escalade.

Qui n'a lu son fameux poulet
A cette étoile de ballet
Qu'il aimait à perdre la tête :
« O vous ! reine du boulevard,
« Sur moi jetez un seul regard
« Qui mette ma pauvre âme en fête.

« Vers le cintre levez le front ;
« Vos beaux yeux m'y rencontreront ;
« Et si votre amour ne les guide,
« De les fixer j'ai le moyen :
« C'est moi, rappelez-vous-le bien,
« *Dont les pieds pendront dans le vide* (1). »

Gavroche est l'ami du troupier,
Il trotte auprès du cavalier
Jusqu'aux portes de la caserne.
Quand donc aura-t-il ses vingts ans ?
Et sentira-t-il à ses flancs
. Sabre-baïonnette et giberne ?

O jour fatal ! Le tambour bat ;
Gavroche est devenu soldat,
Hélas ! soldat des barricades !
Comment ce Gavroche, un gamin !
A-t-il pris si triste chemin ?...
Il a suivi des camarades ;

Qui veulent, de notre Paris,
Ne faire qu'un vaste débris,

---

(1) La lettre originale portait : « Regardez au Paradis..... mes jambes
pendront. »

Et, dans leur aveugle furie,
Tirent, à l'abri des pavés
De leurs propres mains soulevés,
Sur les couleurs de la patrie.

Agitant un rouge oripeau
Décoré du nom de drapeau,
Un vrai drapeau de mascarades !
Gavroche, aux trois sommations,
Au feu roulant des légions,
Répond par d'ignobles bravades.

Il tombe, enfin !... Il est blessé !
Contre un grand mur on l'a poussé :
« Allons, faisons-lui son affaire ! »
Mais moi : « Non, non, grâce pour lui ;
« Dans son cœur nul rayon n'a lui...
« A-t-il jamais connu sa mère ? »

# L'ANCIEN FORÇAT

(ÉPISODE DU PREMIER EMPIRE)

LE chien du presbytère a hurlé dans la nuit ;
De son large fauteuil le curé se redresse ;
Le marteau fait entendre un coup sec ! A ce bruit :
« Thérèse, ouvrez, peut-être est-ce un homme en détresse. »

Et Thérèse, aussitôt, s'en est allée ouvrir,
Non sans avoir fait signe à Médor de la suivre ;
Sa main tremblote un peu sur son flambeau de cuivre...
La porte entre-bâillée, elle a failli mourir

Devant elle est un être à la sale défroque,
Les traits dissimulés sous un feutre crasseux,
Un paquet se balance à son bâton noueux,
Quand il parle, on dirait la voix d'un ventriloque :


« — Je ne sais où coucher par ce temps désastreux,
Conduisez-moi, dit-il, auprès de votre maître ;
Car ne passe-t-il pas pour un excellent prêtre
Qui jamais ne refuse asile aux malheureux ? »


Thérèse l'introduit, à demi rassurée ;
Médor, sur ses talons, marche, tout en grognant ;
Arrivé sur le seuil et sans franchir l'entrée,
L'homme a laissé tomber ces mots d'un ton poignant :


« J'ai nom *Pierre Dumont ;* j'ai fait cinq ans de bagne ;
A la société je crois ne devoir rien ;
Pourquoi donc de partout, la ville, la campagne,
Me chasser sans pitié, comme on ferait un chien ? »


Le vieux prêtre sur lui levant son œil honnête :
« C'est le ciel qui chez moi ce soir vous a jeté ;
Vous arrivez à point ; aujourd'hui c'est ma fête
Et je ne boirai pas tout seul à ma santé. »

Puis, appelant Thérèse : « Allons ! dressez la table,
Car la faim me talonne. Ajoutez un couvert. »
A l'homme : « En dégustant un bordeaux respectable,
Vous me raconterez vos malheurs, au dessert. »


On soupe ; le forçat devenu tout timide
N'ose lever les yeux. Gauche, même emprunté,
Il est comme ébloui par tant de charité :
Une larme a perlé sous sa paupière humide,


Au dessert : « — Mon histoire ?... En deux mots la voici :
Seul, je m'étais chargé des enfants de mon frère
Mort à la peine, après avoir mal réussi,
Quand un matin, chez moi, frappe aussi la misère.


Les ateliers ?... fermés ! Plus d'espoir de travail !
Pas un écu vaillant dans le fond de ma bourse !
Le vol se montre à moi comme unique ressource,
Et je vole, la nuit, en crevant un vitrail.


C'est tout ; et maintenant vous connaissez mon crime. »
Son front dans ses mains tombe... Il paraît accablé ;
Mais, devant cet aveu touchant presque au sublime,
Du prêtre le grand cœur soudain s'est révélé.

A la servante il dit quelques mots à voix basse,
Puis à son hôte : « Allons ! je vous vois endormi ?
Point de gêne entre nous... Retirez-vous, de grâce :
Menez monsieur, Thérèse, *à la chambre d'ami.*

A la chambre d'ami !... Va-t-il oser la suivre ?...
Il veut parler... Sa voix reste dans son gosier,
Puis il sort trébuchant... on dirait un homme ivre,
Et bientôt son pas lourd se perd dans l'escalier.

Tandis qu'à coups pressés redouble la tempête,
Et durant ce combat des divers éléments,
Sur le mol oreiller il a posé sa tête
Et dort jusqu'au matin entre de bons draps blancs.

*⁎*
*⁎ ⁎*

Le lendemain, dès l'aube, en traversant l'église,
Le curé le surprend à genoux, à l'écart ;
Son bâton, son vieux feutre et sa maigre valise,
Tout son aspect, enfin, annoncent le départ.

Au porche, il l'a rejoint, sa messe une fois dite ;
Là, sans aucun détour, l'abordant brusquement :
« Quoi ! vous partez ? c'est mal ; car j'avais fait serment
De vous utiliser pour la table et le gîte.

Certes, vous n'êtes pas sans connaître un métier,
Que sais-je? charpentier, maçon, le jardinage ;
Vous eussiez transformé le presbytère entier ;
J'aurais mis mon enclos sous votre patronage. »


Pierre reste interdit... il flotte irrésolu,
De son cher bienfaiteur pesant chaque parole;
Puis on entend : « Allons! c'est dit! marché conclu!
Gardez-vous bien surtout de m'offrir une obole ! »

.   .   .   .   .   .   .   .   .   .   .   .   .   .   .
.   .   .   .   .   .   .   .   .   .   .   .   .   .


— L'époque dont je parle, ah ! qu'elle est loin de nous !
Devant un potentat, idole de la France,
Rois, princes, souverains fléchissaient les genoux,
Mais au prix de quel sang payait-il sa puissance ! ! !


On partait plein d'espoir, on courait au canon,
Du peuple limitrophe on brisait la frontière,
Et si l'on ne servait à la mort de litière,
On rapportait un grade, et parfois... un grand nom !


C'est ainsi qu'à Wagram le frère aîné du prêtre
Sur le champ de bataille est nommé colonel ;
Au plus fort du danger c'est lui qu'on voit paraître,
C'est lui dont la valeur met fin au grand duel. —

Mais revenons à Pierre. — Une sorte de fièvre,
Dans la pure atmosphère où vit le bon curé,
Le mine par instants, et souvent à sa lèvre
Monte le mot fatal de « Forçat libéré ».


Le prêtre a deviné : Pierre est trop près du bagne ;
Loin de son Golgotha mieux vaudrait l'exiler :
Qu'il aille guerroyer au fond de l'Allémagne,
Où d'être découvert il ne pourra trembler.


Bannissant tout scrupule, il l'adresse à son frère,
Et ne lui souffle mot du terrible secret.
Pierre se bat partout en simple volontaire,
Cherchant un beau trépas qui lave son forfait.

. . . . . . . . . . . . . .


Un silence de mort pendant plus d'une année ! ! !
Puis, un jour, le curé reçoit un large pli :
C'est de son frère ! il l'ouvre !... ô ciel ! il a pâli...
Pleuré comme un enfant, la lettre terminée :


— « Est-ce un homme, un démon que tu m'as adressé ?
Disait le post-scriptum ; sur ma foi je l'ignore.
Pierre à pris un drapeau, m'a retiré blessé
Des mains de l'ennemi..... L'Empereur le décore ! »

Devant le régiment, Pierre, le lendemain,
Va recevoir la croix. Demain, sur sa poitrine,
Son chef va l'attacher, lui-même, de sa main :
D'un légitime orgueil se gonfle sa narine.


Mais à ses yeux, soudain, se dresse le passé :
Quoi ! tu serais compté dans les légionnaires ?
Tu verrais de sang-froid, misérable insensé,
L'insigne de l'honneur s'accoler aux galères ?


Son cœur saigne... il s'y livre un terrible combat.
Quel prétexte invoquer à son refus étrange ?
Ira-t-il avouer qu'il est ancien forçat ?...
Jamais! Il sollicite autre chose en échange.


« Autre chose ! Eh ! quoi donc ? » rugit le colonel.
Mais Pierre avec douceur : « Donnez-moi l'accolade. »
Et le vieux chef l'étreint, ainsi qu'un camarade :
C'est plus qu'une accolade..... un baiser paternel !


N'a-t-il pas tout compris ?... Du moins, il croit comprendre :
Pour refuser la croix il faut être aliéné ;
Ce brave n'est qu'un fou ! Qui pourrait s'y méprendre ?
Ah ! mieux vaudrait pour lui qu'il ne fût jamais né.

*  
* *

O mil huit cent quatorze! immortelle épopée,
Où Russes, Prussiens, sur la France aux abois
Se ruaient; où n'ayant que des tronçons d'épée,
Nos vétérans luttaient encore... un contre trois !

Ils reculaient, pourtant, après chaque victoire,
Que ce fût Montmirail, Montereau, Champaubert !
Sacrifice inutile et défense illusoire,
Car aux coalisés Paris s'était ouvert !

L'armée, en un clin d'œil, se rompt, se désagrège,
Ainsi qu'un grand vaisseau jeté contre un écueil :
Ah ! couvrons ses lauriers d'un long voile de deuil,
Nul bras ne la contient, plus rien ne la protège !

. . . . . . . . . . . . . . . . . . . .

Le chien du presbytère a hurlé dans la nuit ;
De son large fauteuil le curé se redresse :
« Ouvre, Marthe, peut-être est-ce un homme en détresse. »
La scène d'autrefois alors se reproduit.

— « Conduisez-moi, dit l'homme, auprès de votre maître ;
Je ne sais où coucher, par ce temps désastreux,
Car ne passe-t-il pas pour un excellent prêtre
Qui jamais ne refuse asile aux malheureux ?

Mais ce n'est plus Médor et ce n'est plus Thérèse
Qui servent, ce soir-là, d'escorte au voyageur :
Ils sont morts tous les deux. — C'est, ne vous en déplaise,
Marthe, enfant de vingt ans, la nièce du pasteur.

Dès le seuil, l'homme a fait le salut militaire,
Puis, vers le bon curé se penchant à demi :
« M'avez-vous réservé votre *chambre d'ami?* »
Et le prêtre tremblant : « Grand Dieu ! Si c'était Pierre ?... »

« — Oui, c'est Pierre ! c'est moi ! Je ne vous dirai pas,
Ainsi qu'au temps jadis : j'ai fait cinq ans de bagne ;
Non ; mais en bon soldat cinq ans j'ai fait campagne,
Et je reviens à vous... car l'Empire est à bas ! ! ! »

*<br>* *

Laissons le temps s'enfuir. — Dans les soins du ménage,
Marthe, la belle fille, a mis tout son bonheur ;
Quant à Pierre, pour lui, c'est un insigne honneur,
Que d'être proclamé le roi du jardinage.

Mais peut-il ainsi vivre auprès de deux beaux yeux
Sans jamais en sentir la brûlante étincelle ?
Dans son être se glisse un mal mystérieux,
Il est de ces instants où sa raison chancelle.

La mort non loin de lui bien des fois a passé,
Jamais il ne reçut la moindre égratignure...
Faut-il que par l'amour profondément blessé,
Ses jours ne soient dès lors que des jours de torture ?


Dans un élan de fièvre, une subite ardeur,
Vingt fois un tendre aveu jusqu'à ses lèvres monte ;
Puis, en regardant Marthe, emblème de candeur,
Il le refoule, hélas! et se tait... il a honte! ! !


Mais le prêtre a tout vu. — L'interpellant un jour :
« Tu l'aimes, je le sais ; et tu ne peux, toi-même,
Sans mon assentiment résoudre le problème :
Eh bien! je t'autorise à lui faire ta cour. »


Pierre a pâli! — « Grand Dieu! moi l'épouser ? Qu'entends-je ?
Sur cette offre avez-vous réfléchi mûrement?
A mon triste passé j'associerais cet ange?...
Non, non, je ne veux pas d'un pareil dévouement.


Car il est ici-bas des langues de vipère,
Parfois certains hasards... Or, il faut, avant tout,
Inspirer le respect et non pas le dégoût...
Que les enfants n'aient point à rougir de leur père. »

Désormais, plus un mot! Le saint prêtre, atterré,
Sent partir de son cœur sa plus douce espérance ;
Au martyre de Pierre il unit sa souffrance,
Et la main dans la main tous les deux ont pleuré.

*
* *

Entendez-vous au loin cette rumeur étrange?
D'où viennent ces clameurs, ce clairon, ce tambour?
Écoutez!.. regardez!.. C'est la grande phalange
Ramenant l'exilé, saluant son retour.

De partout on accourt, sur ses pas on se rue,
On le suit!!! N'est-il pas toujours Napoléon ?
Son aigle est là qui plane au plus haut de la nue,
Et demain il ira s'abattre au Panthéon.

Qui marche contre lui ?... D'anciens compagnons d'armes ;
Mais, dans un seul regard les enveloppant tous :
« Mes amis ! » a-t-il dit, et les soldats en larmes,
Et les chefs repentants embrassent ses genoux.

Ah! faut-il que, jouet de cette étrange ivresse,
Dans le grand tourbillon Pierre soit emporté,
Et qu'il parte, oublieux de son temps de détresse,
Et de ce toit qui l'a chaudement abrité !

. . . . . . . . . . . . . . . . . . .
. . . . . . . . . . . . . . . .

Cent jours sont écoulés! Horrible boucherie!
Mais qu'un seul mot résume un si navrant tableau :
Un empereur risquant, sur un dé, sa patrie,
Et vainqueur à Ligny, sombrant à Waterloo.

Ce fut là qu'en chargeant l'artillerie anglaise,
Pierre, par les boulets jusqu'alors respecté,
Tomba, le ventre ouvert, dans l'ardente fournaise ;
Et, singulier hasard! douce complicité!

Aux nocturnes clartés, infidèle à son rôle,
Le détrousseur des morts n'osa pas mettre à nu,
Ce débris répugnant... et Dieu seul a connu
Le stigmate infamant marqué sur son épaule.

## LÉGENDE DU MONT SAINT-MICHEL

*Sur la côte bretonne, il est une légende*
*Que les marins, en mer, les pâtres, dans la lande,*
*Les fileuses, le soir, redisent bien souvent,*
*Surtout quand la mer gronde et que rugit le vent.*
*Écoutez! la voici dans sa candeur naïve,*
*Sur le rythme des flots déferlant à la rive.*

Sur le sable d'or de la grève immense,
La main dans la main, ils allaient, tous deux ;
Un blond chérubin, leur seule espérance,
Un blond chérubin courait devant eux,
Sur le sable d'or de la grève immense.
*Béni, béni soit l'Ange Gabriel,*
*Qu'il nous ouvre un jour les portes du ciel!*

L'enfant jette un cri ! Sa mère s'élance !
Son petit pied nu, son petit pied blanc
Qu'il posait partout et sans défiance,
Vient de s'enfoncer dans un trou béant :
L'enfant jette un cri ! Sa mère s'élance !
*Béni, béni soit l'Ange Gabriel,*
*Qu'il nous ouvre un jour les portes du ciel !*

Elle a pris l'enfant !... son bras le soulève !
Sur le sol mouvant que leur poids est lourd !
Plus profonde encor se creuse la grève...
L'époux les a vus et vite il accourt !
Elle a pris l'enfant !... son bras le soulève !
*Béni, béni soit l'Ange Gabriel,*
*Qu'il nous ouvre un jour les portes du ciel !*

Il les a saisis dans sa forte étreinte
Et tient son fardeau bien haut suspendu :
« Allons ! bon espoir ! femme, sois sans crainte,
Je suis là, regarde ! et rien n'est perdu... »
Il les a saisis dans sa forte étreinte.
*Béni, béni soit l'Ange Gabriel,*
*Qu'il nous ouvre un jour les portes du ciel !*

« Monte et soutiens-toi sur mes deux épaules,
Femme, du rivage on t'apercevra :

C'est dimanche! On va danser aux vieux saules,
Et pour nous sauver chacun accourra:
Monte et soutiens-toi sur mes deux épaules... »
*Béni, béni soit l'Ange Gabriel,*
*Qu'il nous ouvre un jour les portes du ciel!*

Hélas! il fléchit sous la double charge,
Il n'a plus de force et plus de ressort;
La tombe se creuse, encore plus large :
C'en est fait! tous trois entrent dans la mort...
Hélas! il fléchit sous la double charge.
*Béni, béni soit l'Ange Gabriel,*
*Qu'il nous ouvre un jour les portes du ciel!*

Tout, dans le limon, vient de disparaître!...
Passe Gabriel, l'ange le plus beau;
Il voit les cheveux du cher petit être
Émergeant encor de l'affreux tombeau :
Tout, dans le limon, vient de disparaître!...
*Béni, béni soit l'Ange Gabriel,*
*Qu'il nous ouvre un jour les portes du ciel!*

Il enroule un doigt dans leurs boucles fines,
Soulève l'enfant... et repart aux cieux.
Mais qu'entraîne-t-il aux voûtes divines ?
Qui monte avec lui?... trois corps glorieux!!!
Il enroule un doigt dans leurs boucles fines.

*Béni, béni soit l'Ange Gabriel,*
*Qu'il nous ouvre un jour les portes du ciel!*

Trois corps composant une chaîne étrange
D'anneaux enlacés même dans la mort ;
Soudés l'un à l'autre et conduits par l'Ange,
Ils entrent ensemble au céleste port :
Elle est avec Dieu cette chaîne étrange !
*Béni, béni soit l'Ange Gabriel,*
*Qui les a ravis tous trois dans le ciel!*

I.

# LA LOGETTE

POÈME (1)

LA Logette! Malgré sa naïve apparence,
   Ce nom, comme un poignard, souvent me frappe au
[cœur ;
Il jette un voile noir sur ma première enfance,
Où j'ai compté, pourtant, bien des jours de bonheur.

La Logette ? c'était... Permettez que l'histoire,
Pour vous intéresser, parte d'un peu plus haut :
Que servirait d'en faire une énigme, un grimoire ?
Être clair, avant tout, n'est jamais un défaut.

---

(1) Pièce insérée dans l'Annuaire de l'A adémie des Jeux Floraux.

Remontons, s'il vous plaît, au temps de mon jeune âge :
Mes parents habitaient une vaste maison,
Et, contre elle appuyée, une autre, d'un étage,
S'élevait, bien modeste. — Oratoire ou prison,

Qui l'eût pu deviner? Pour vous faire une idée
De ses murs lézardés, criblés de mille trous,
Et de son morne aspect, évoquez devant vous
Un vieillard cacochyme, à la face ridée.

Pourtant, sa porte en chêne, aux quadruples verrous,
Son gros marteau de fer, sa solide armature,
Ses bizarres dessins, formés de larges clous,
Lui donnaient un grand air, une noble figure :

Tels, en Espagne, on voit, la rapière au côté,
Des mendiants, hautains sous leurs sales défroques,
Implorer une aumône, et, relevant leurs loques,
Passer, sans un merci, drapés dans leur fierté.

Un choc, le moindre bruit qui venait de la rue,
Ébranlait ce logis où rien n'était d'aplomb,
Dont les petits carreaux à la noire verrue
S'agitaient, tout tremblants, dans leurs cadres de plomb.

Jamais ne s'en ouvrait ni porte ni fenêtre ;
Mais un jour, chaque mois, le premier mercredi,
Quand à la cathédrale on entendait midi,
Dans l'austère maison se glissait un vieux prêtre.

Oh ! je le vois toujours ! Je vois ses traits flétris,
Son long buste voûté flottant dans sa soutane;
Je vois l'éclair jaillir de ses petits yeux gris,
Et sa tremblante main s'appuyer sur sa canne.

Il venait pour dîner — son couvert était mis.
D'une immense douleur gardant encor la trace,
Une femme en grand deuil lui faisait bientôt face :
Entre eux deux, au dessert, parfois j'étais admis.

Tandis qu'enfant gâté, sur les tartes, la crème,
Et les nougats croquants, que sais-je? enfin, sur tout,
Même sur les beignets moulés en saint emblème,
Sans être interrogé, j'osais dire mon goût,

Ils échangeaient, tout bas, et comme en confidence,
Des souvenirs, des noms qui m'étaient inconnus,
Mais que depuis, hélas! en frémissant, j'ai lus :
Robespierre, Marat, les bourreaux de la France !

Enfin, à certains jours, le lourd marteau de fer,
Sur la porte, vingt fois en une matinée,
Retombait. Des vieillards à mine décharnée
Accouraient, en dépit des rigueurs de l'hiver !

Pouvaient-ils t'oublier, ô saint anniversaire !
Ces nobles, ces bourgeois, ces prêtres, ces soldats ?
Pouvaient-ils t'oublier, ô pieux sanctuaire !
Et toi, noble héroïne, ô toi qui les sauvas ?

* * *

Quand revenait décembre, à jour fixe, le treize,
Devant cette maison un auguste prélat
Arrivait, bien qu'âgé, d'un lointain diocèse,
Ainsi qu'un voyageur, simplement, sans éclat.

Il gagnait, en silence, une antique tourelle,
Plantée, ainsi qu'un mât, à l'angle de la cour,
Et, comprimant à peine une angoisse cruelle,
Sans en franchir le seuil, il rôdait alentour.

Avertie aussitôt par sa vieille servante,
La pauvre femme en deuil, une lampe à la main,
Accourait, et, passant sous la voûte tremblante,
Au vénérable évêque indiquait le chemin,

Curieux, indiscret, je veux, de leur démarche,
Connaître le vrai but. Dans l'étroit escalier
Formant une spirale autour d'un gros pilier,
Et dont ils font craquer, en montant, chaque marche,

Je les suis à distance : enfin je vais savoir !!!
On s'arrête... on se parle.., et dans une coulisse,
Sous un léger effort un pan de cloison glisse...
Stupéfait, tout tremblant, je n'ose me mouvoir.

Car il ne peut s'ouvrir qu'à hauteur de ceinture ;
Et, le corps tout courbé, les malheureux vieillards,
Se traînant à genoux, pareils à des lézards,
Pénètrent, en rampant, par l'étroite ouverture.

Puis éclatent, soudain, des sanglots et des cris :
Horribles désespoirs mêlés à des prières,
Angéliques accents venant du paradis !
Et je crois sur mes mains sentir pleurer les pierres.

L'évêque répétait : « Noble et vaillant martyr,
De ton cœur généreux toi qui fus la victime,
Pardonne-moi ! D'en haut, tu vois mon repentir ;
Puissé-je, dans mon sang, au moins laver mon crime ! »

Une lèvre, souvent, se collait sur le mur ;
Et c'étaient des baisers, tels qu'en donne une mère
A son bel ange aimé qui va quitter la terre,
A son enfant dont l'œil flotte, vitreux, obscur.

Tout se tait !!! J'ai couru révéler à mon père
Ce qu'à mes sens la peur a sans doute grossi :
« Bah ! dit-il, la Logette ! » et ce nouveau mystère
Est devenu pour moi le plus cuisant souci.

*  *
 *

Un jour, longtemps après, la cour était déserte.
Je gagne, en tapinois, la tour et l'escalier,
Et trouvant, par bonheur, la porte grande ouverte,
Je m'élance, en deux bonds, jusqu'au fatal palier.

Longtemps de la cloison ma main cherche la trace ;
Je la découvre, enfin, et pénètre aisément,
Fluet comme je suis, jusqu'au cœur de la place,
Où je reste cloué par le saisissement.

Car j'ai là, devant moi, noircis par la poussière,
Mille petits carreaux formant un long vitrail,
Où l'active araignée a tendu son travail
Qui ne laisse passer qu'un filet de lumière.

Assombrissant encor ce demi-jour douteux,
Au dehors, un vieux lierre, à l'énorme envergure,
Masque le grand châssis de ses bras tortueux,
En projetant partout sa bizarre figure.


Je suis dans la Logette ! Espèce de placard
Long de six pas au plus, creusé dans la muraille ;
On y marche le dos voûté, comme un vieillard,
Ou pareil au poltron, dans un jour de bataille.


Mais, que vois-je au plafond, aux vitres, aux lambris ?
Des maximes, des vers, une austère sentence ;
Plus loin, des mots épars... comme les derniers cris
D'infortunés au ciel demandant assistance !


Un espoir... un regret... de déchirants adieux...
Une tendre prière à côté d'un blasphème,
Des chiffres enlacés ou groupés deux par deux,
Tout ce qui se résume en ce seul mot : Je t'aime !


De pieux ex-voto, des croix, des chapelets
Encadrant, de leurs grains, la profane amulette ;
Là-bas, enfin, dans l'angle obscur de la Logette ..
Horreur ! est-ce du sang que ces larges filets ?

Est-ce du sang figé que cette éclaboussure ?
Ces empreintes de mains aux lambris, aux pavés ?
Eh quoi ? ce sang, le temps ne l'aurait pas lavé ?
J'y songe... ici peut-être on donnait la torture !

Ah ! fuyons ! car ici je me sens en danger ;
Fuyons, dérobons-nous à cette affreuse scène !
Trop tard !... près de la trappe, un frôlement léger
Jusqu'au fond du réduit d'un seul bond me ramène.

Devant le trou béant qui donc s'est arrêté ?
J'entends un léger cri, quelques mots à voix basse,
Et vois, par l'ouverture, un long buste qui passe :
C'est l'évêque !... aujourd'hui, c'est donc ?... Fatalité !

Oui, c'est le jour sacré, le sombre anniversaire.
Mon cœur indifférent s'en est-il souvenu ?
Mais lui, malgré son âge, il est encor venu
Gravir, en gémissant, le douloureux calvaire.

Sa compagne le suit, et, dès qu'elle me voit :
« — Ah ! malheureux enfant ! dit-elle, d'un ton ferme,
A tes jours de bonheur tu veux donc mettre un terme ?
On n'apprend qu'à pleurer dans ce fatal endroit.

Tu le veux ? apprends tout. » — Sa voix entrecoupée
Alors me retraça les jours de la Terreur
Qui jetait au bourreau gens de robe et d'épée,
Et courbait le pays sous un maître : la Peur !


Où l'on supprimait Dieu, ses autels et ses prêtres ;
Où Courage, Innocence, et Génie, et Beauté,
Sommairement jugés, condamnés comme traîtres,
Mouraient au nom d'un mythe appelé Liberté.


Elle évoquait cent noms bien connus dans la ville,
Me répétant : C'est là que je les ai cachés.
Oh ! combien par mes soins et grâce à cet asile,
Furent à l'échafaud autrefois arrachés !


Chaque relique avait sa déchirante histoire,
Et son drame émouvant chaque chiffre enlacé ;
Les sentences, les vers, le moindre mot tracé,
Se gravaient, pour jamais, dans ma jeune mémoire.


« Un jour, ajouta-t-elle, à travers la maison
S'élancent, en jetant des cris de mort atroces,
Des bandes d'égorgeurs sondant, à coups de crosses
Les planchers, les plafonds, et même la cloison.

Que cherchaient-ils ?... Enfant, le père de ton père !
Mais, par ce grand vitrail il put gagner les toits,
Puis les jardins voisins... atteindre enfin les bois,
Et se mettre à l'abri sur la terre étrangère. »


Ce fut, à ce moment, l'évêque qui parla.
Nous effleurions du pied les sinistres empreintes ;
Comme je reculais : « Ami, ces marques saintes,
Contemple-les, dit-il... la mort a passé là !


De Saint-Louis j'étais alors simple vicaire.
Dans mon humble logis cerné, pendant la nuit,
Je m'échappe, et, suivi d'un infâme sicaire,
M'élance par la ville, où l'instinct me conduit.


Une porte, soudain, devant moi s'est ouverte...
Je m'y jette ; une main aussitôt prend ma main
Et me guide, à tâtons, par un étroit chemin :
« Pas un mot, me dit-on, sinon c'est votre perte. »


J'arrive ici ! Je tombe aux pieds de mon sauveur :
Que béni soit le Ciel ; on a perdu ma trace !
Et je me tiens blotti, n'osant changer de place,
Quand des cris déchirants me frappent de stupeur.

L'injure s'y mêlait : « Arrière, citoyenne ;
« Enfin nous le tenons ce mangeur de bon Dieu !
« Ah ! tu nous le cachais ? prends bien garde ! A ce jeu,
« Nous pourrions te chanter une mauvaise antienne. »


Des piques, sur la dalle, on entendait les coups ;
De sinistres reflets illuminaient la rue ;
S'accrochant aux bourreaux, suppliante, à genoux,
Rampait, de marche en marche, une femme éperdue.


Hélas ! j'étais trahi ! Sans sonder les lambris,
On monte d'un pas sûr... on s'arrête à la trappe ;
Sans chercher son secret, de la hache on la frappe :
Elle vole en éclats... ce n'est plus qu'un débris !


Mais déjà, d'un élan, j'ai franchi la fenêtre
Et m'y tiens, en dehors, un instant cramponné ;
C'est assez ! car j'ai vu dans la baie apparaître
Les hideux assassins, au visage aviné :


« Frappez ! » dit mon sauveur, découvrant sa poitrine
Et s'avançant vers eux. Son front n'a pas un pli ;
D'une mâle fierté se gonfle sa narine,
Son œil porte l'orgueil du devoir accompli.

Mais tous ont reculé... quand l'un d'entre eux ricane,
Et, montrant le vitrail : « C'est par là qu'il a fui ;
« La preuve? voyez donc ce lambeau de soutane :
« Ah! tu nous l'as volé? Tu vas payer pour lui ! »

. . . . . . . . . . .. . . . . . .

Il tomba !... Moi je vis ! Adorons ta justice,
Seigneur! il te manquait un martyr dans ton ciel ;
C'est lui que tu choisis pour vider le calice ;
Je ne méritais pas le triomphe éternel. »

* * *

Quand vous rencontrerez, tout pensif, au rivage,
Un marin contemplant l'Océan furieux,
Approchez doucement, regardez son visage,
Vous lui verrez souvent des larmes plein les yeux.

C'est qu'il songe à tous ceux que la vague recouvre,
A tous ses compagnons, ses parents, ses amis,
Morts sur des bords lointains, ou que les flots ont pris,
Et de son cœur saignant la blessure se rouvre.

Ainsi de moi! Voulant parfois me rajeunir,
D'un passé déjà loin j'écarte la poussière ;
Mais quand, d'un œil ardent, je cherche la lumière,
Pourquoi voit-on, soudain, mon front se rembrunir?

C'est que l'oracle est là qui s'accomplit sans cesse;
Traversant mes plaisirs, il jette un cri perçant,
Et couvre d'un linceul mon heureuse jeunesse,
Mes plus chers souvenirs d'un nuage de sang.

# TABLE

---

## POÉSIES SENTIMENTALES

## POÉSIES FANTAISISTES

## POÉSIES PATRIOTIQUES

TABLE                        239

TYPOGRAPHIE

EDMOND   MONNOYER

LE  MANS  (Sarthe)

www.ingramcontent.com/pod-product-compliance
Lightning Source LLC
Chambersburg PA
CBHW061435030726
47503CB00005B/1429